三河雑兵心得

小牧長久手仁義

井原忠政

双葉文庫

目次

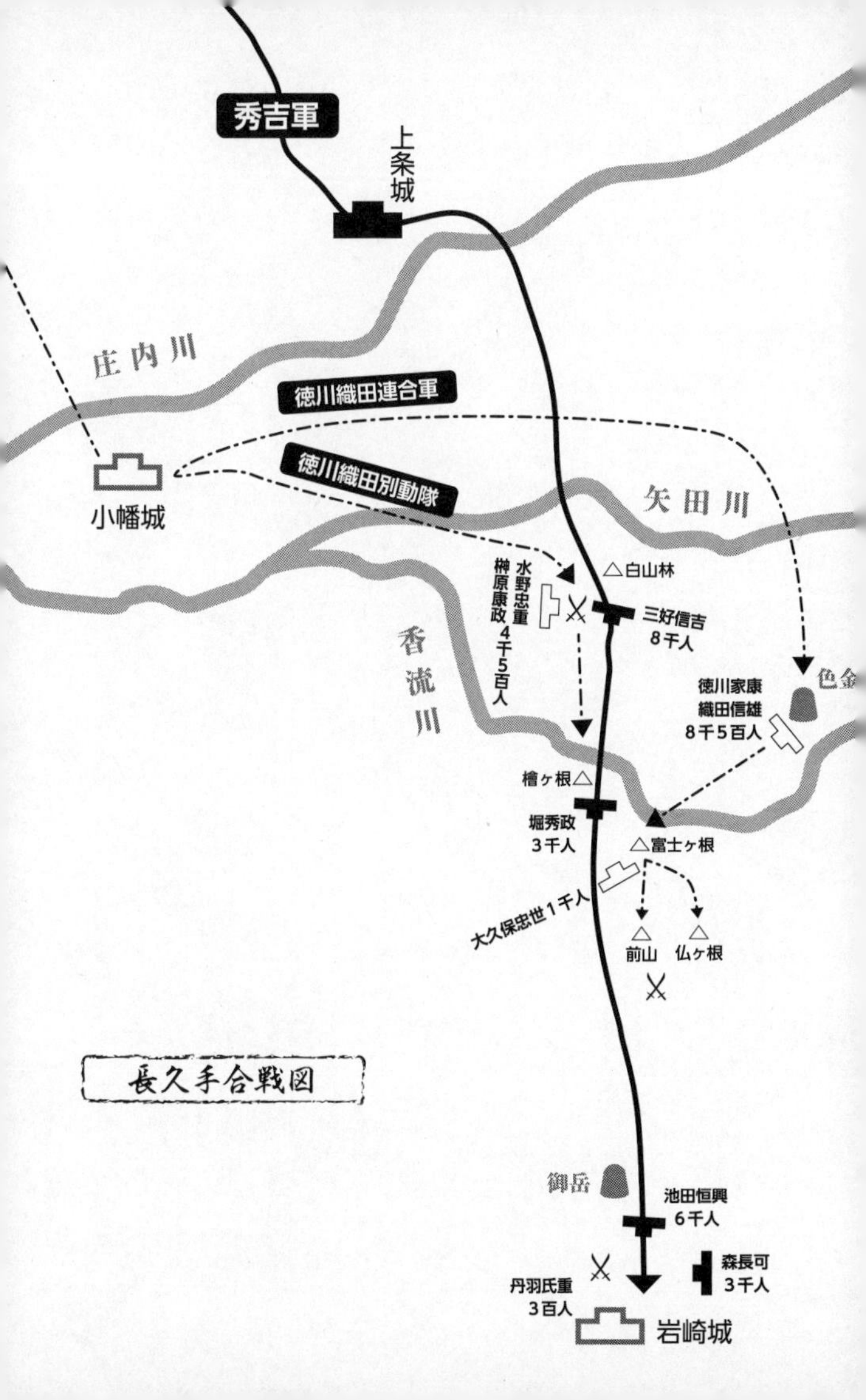
秀吉軍
上条城
庄内川
徳川織田連合軍
徳川織田別動隊
小幡城
矢田川
白山林
水野忠重
榊原康政 4千5百人
三好信吉
8千人
香流川
色金
徳川家康
織田信雄
8千5百人
檜ヶ根
堀秀政
3千人
富士ヶ根
大久保忠世1千人
前山
仏ヶ根
長久手合戦図
御岳
池田恒興
6千人
森長可
3千人
丹羽氏重
3百人
岩崎城

三河雑兵心得　小牧長久手仁義

序 章　茂兵衛の憂鬱《ゆううつ》

植田茂兵衛《うえだもへえ》は、深く溜息をつき天井を仰ぎ見た。

杉板の木目が、川の流れのようにも見える。人は現在《いま》にのみ生きることは許されない。過去を引き摺り、将来を思い悩みながら、愚図愚図《ぐずぐず》と不器用に現在《いま》を生きるしかないのだ。禅坊主が言うように「今、この時にのみ生きる」ことができたら、どんなに楽だろうか、と心底から思う。

最近の茂兵衛は、ある心境の変化を自覚していた。

平たく言えば――世間が怖い。

周囲が自分を「どう見ているか」「どう評価しているのか」を随分と気にするようになった。

（以前は、こんなこたァなかったんだ。俺ァ俺だ。「世間が怖くて野糞《のぐそ》ができるかい！」みてェな気概があったもんだわ。それが今じゃどうだい……）

浜松城《はままつじょう》の本丸を守る鉄門を出て、やや南へと下る出曲輪《でぐるわ》の中に立つ己が屋敷の書院で、茂兵衛はまたフウと溜息を漏らした。

（俺もこの正月で三十七か……年の所為《せい》かな？）

傍らでは鉄砲組筆頭寄騎の大久保彦左衛門《おおくぼひこざえもん》が、絵地図に覆いかぶさり、筆先を嘗《な》めながら、盛んに朱注を入れている。

（や、多分それだけじゃねェわなァ。他に理由はあるんだわ）

昨年の天正《てんしょう》十年（一五八二）一月、妻の寿美《すみ》が長女綾乃《あやの》を産んだのに続き、今年の一月には、長年想い続けた綾女《あやめ》が密かに茂兵衛の子を産んだ。残念ながら綾女は産後の肥立ちが悪く、命を落としたが、赤子は義弟で朋輩《ほうばい》の木戸辰蔵《きどたつぞう》により松之助《まつのすけ》と命名され、今後は辰蔵とタキの夫婦が、我が子として養育してくれることになっている。親友と実妹が隠し子を育ててくれるのは有難い話だが、種《たね》を蒔《ま》いた茂兵衛が「あれは辰蔵の子だから」と惚《とぼ》けるわけにもいくまい。どこまで行っても茂兵衛は、松之助への重い責任から逃れられないはずだ。

成人すれば、綾乃も松之助も一個の大人として、周囲から遠慮会釈のない批評に晒される。父である茂兵衛の現在の言葉や行動が、将来彼らにどんな不利益をもたらすやも知れない。そう思うと怖くて仕方なく、最近、周囲の顔色を窺ってばかりいる自分に気づいた。

(そもそもよォ。親の出自が百姓だというだけで、俺の子は生まれながらに引け目を負っとるわけだし)

さらに茂兵衛は、この二十年で数百人の敵を殺している。抹香臭い話はなしにしても、現実の問題として、茂兵衛を親や子や夫の仇と恨む遺族は、少なく見ても千人前後いるはずだ。この上さらに、自分の評判が悪くなれば、我が子の将来は暗澹《あんたん》たるものになりかねない。

(ならば俺が世間に媚《こ》び、周囲に小腰を屈めて生きればいいのかと言えば……それはそれでアカンのだわ)

自分は、足軽大将として百人からの命を預かっている。鉄砲隊の役目は戦《いくさ》をすることだ。指揮官である茂兵衛は、非情な決断を下さねばならぬことも多い。早い話が、配下の足軽に「死ね」とか「殺せ」と命じるのが自分の役目なのだ。そんな酷《むご》い命令が、他人様の目を気にする今の自分に下せるのか、正直自信が持てなかった。物頭《ものがしら》の判断が右顧左眄《うこさべん》するようでは、百人の配下たちはたまったものではあるまい。指揮官に迷いは禁物のはずだ。

「こんなことじゃいかんがね」

「はあ？　なにがいかんのですか？」

彦左が訝《いぶか》しげに顔を上げた。彼は、三番寄騎の木戸辰蔵とともに、浜松から小《こ》諸《もろ》までの道筋を検討中なのである。

「なんでもねェ。独り言だがや」

「ああ、独り言ね……ほうですかい」

と、若者は絵地図に視線を戻した。

顔つきは納得していないようだが、上役をさらに問い質《ただ》すのは億劫だったのだろう。それほどに、ここ数日の彦左は、茂兵衛隊の筆頭寄騎として隊の遠征準備に大童《おおわらわ》なのだ。

徳川家康《とくがわいえやす》は、新たな版図である東信州《ひがししんしゅう》は千曲川《ちくまがわ》沿いの国衆《くにしゅう》を束ねることに腐心していた。調略と武威、飴《あめ》と鞭《むち》で脅《おど》し賺《すか》すが、信州の小領主たちは老獪《ろうかい》で、一筋縄ではいかない。長年、甲斐《かい》と越後《えちご》の大勢力に挟まれ、風を読みつつ、城と領地を守ってきた古狐たちなのだ。この方面の調略を担当していた信濃《しなの》の有力国衆、依田信蕃《よだのぶしげ》がこの春、城攻めの際に銃撃を受け、あっけなく討死したのが大きな痛手となった。

そこで家康は、人当たりがよく、かつ抜け目のない大久保忠世《ただよ》を小諸城に入れ、信州惣奉行《そうぶぎょう》に据えた。今後は忠世の人心掌握術に期待することになる。

そこで、忠世の箔付けのために、よく働くことで名を売る茂兵衛の鉄砲隊と、彼の義弟でもある松平善四郎《まつだいらぜんしろう》が率いる弓隊を小諸に派遣することにしたのだ。

「二俣城《ふたまたじょう》から諏訪《すわ》まで、どちらの道を選ぶかですな」

彦左が絵図を指先で叩いて言った。

「高根砦《たかねとりで》を経て高遠《たかとお》に至る秋葉街道《あきはかいどう》を往くか？　天竜川《てんりゅうがわ》に沿って伊那谷《いなだに》を北上するか？」

「お頭《かしら》も大久保様も高根砦の辺りには土地勘がおありでしょう。距離的にも十里（約四十キロ）は短うござる。拙者は秋葉街道を推しまする」

と、辰蔵が彦左に進言した。

「ただ秋葉街道は、諏訪に出るまでに、青崩峠《あおくずれ》、地蔵峠《じぞう》、杖突峠《つえつき》と難所が三つもある。その点、天竜川沿いの三州街道《さんしゅうかいどう》なら平坦で、人通りも多く、歩きやすい。多少遠回りでも、俺なら伊那谷を抜ける。お頭は、どう思われます？」

「そうさな……」

上座から、茂兵衛も絵地図を覗き込んだ。

伊那盆地は、天竜川が貫流し、並行して三州街道が延びる。土地は肥沃《ひよく》で古くから諏訪、下条《しもじょう》、小笠原《おがさわら》、知久《ちく》などの土豪が盤踞《ばんきょ》していた。彼らは高島城《たかしまじょう》、飯田城《いいだじょう》、大草城《おおくさじょう》などの堅城に拠り、ある時は武田《たけだ》に、ある時は織田《おだ》に、ある時は北条《ほうじょう》に従ってきた。天正壬午《じんご》の乱以降、一応は徳川に服従しているが、心の底ではどこまでも己が旗を振って生きる独立独歩の気風が強い。徳川の強力な鉄砲隊と弓隊が彼らの領地を我が物顔で通過したとして、なにを考えるだろうか。思わぬ間違いが起きはしないか、茂兵衛はそこを不安視していた。

「伊那谷は色々と難しい土地柄だら」

特に飯田城は、本能寺《ほんのうじ》の変で領主の毛利長秀《もうりながひで》が畿内《きない》に逃げ去った後、下条氏内で抗争が勃発した。当主の下条氏長《うじなが》を家老の下条頼安《よりやす》が謀殺し、城を乗っ取ったばかりである。

「敵だか味方だか分からんのが、天竜川沿いにズラッと並んどるがね」

と、茂兵衛は彦左を見て言った。

「昨年、旧武田の国衆たちは『徳川に臣従する』との起請文を差し出しております。下条も出した。小笠原も出した」

彦左が食い下がった。

「紙切れ一枚、屁の突っ張りにもなるかい」

「では、お頭は秋葉街道を推されるので？」

と、辰蔵が訊いた。

「ほうだがや。穏当だろう。どうだ？　茂兵衛隊は秋葉街道を北上するということで……それでええか、彦左？」

「あ、了解です。秋葉街道を往きましょう」

「辰、すまんが善四郎様にこのことをお伝えしてきてくれ」

「承知」

茂兵衛隊と善四郎隊は独立している。上下関係はない。ともに小諸城への赴任が命じられているだけで、同じ道を選ぶ義務はないのだ。ただ、長旅である。一緒だと心強いから、善四郎隊も秋葉街道を選ぶのではあるまいか。

「ね、お頭……」

一礼して辰蔵が部屋を出て行くと、広げた大きな絵地図を睨んだまま、彦左が話しかけてきた。

「なんら？」

鼻毛を抜きながら返事をした。ブチリと抜いた鼻毛を見れば、幾筋かの白髪が交じっている――世も末だ。

「左馬之助《さまのすけ》が、寄騎を一人増やしたらどうだって言ってましたぜ」

現在、大久保彦左衛門、横山《よこやま》左馬之助、木戸辰蔵の三名が寄騎として茂兵衛隊を支えてくれている。

「寄騎が四人か……多いな」

「前例は他の組にもあります」

「ま、四人までなら構わねェだろう」

「うちの足軽小頭《こがしら》を一人、騎乗の身分に引き上げ、寄騎に据えるのはどうでしょう。植田組の事情には通じてるから、改めて教え込む手間が省けますぜ」

彦左が、嬉しそうに茂兵衛を見て笑った。

「誰ぞ目当てがおるんかい？」

「穏当なら……鉄砲小頭の小栗《おぐり》か、槍小頭の本多《ほんだ》でしょうけどね」

小栗金吾《きんご》と本多主水《もんど》、二人とも賢く冷静な青年だ。身分は徒士《かち》だが、馬乗りの身となっても十分にやっていける器量と思われる。特に本多は、元は大久保家の郎党で、彦左と気が合う人物である。

「おまんは、本多を推すんだら？」

「や、そこは気にせんでもええですわ」

慌てて彦左が手を振った。

「お頭の寄騎ですから。本多でも小栗でも、お頭が決めて下さい。拙者に気がねは御無用です」

「ほ、ほうかい」

本音を言えば、茂兵衛は小栗を寄騎にしたいと考えていた。彦左と辰蔵は槍が専門だ。鉄砲に詳しい寄騎は左馬之助一人だから、出来れば鉄砲足軽からの叩き上げで鉄砲名人の小栗金吾を新幹部に据えたい。ま、そこはいい。ただむしろ問題なのは、今も茂兵衛が彦左に気を遣ってしまったという事実だろう。自分の考えより、周囲の人間関係や思惑を優先させようとして、逆に配下から窘《たしな》められた格好だ。彦左も、配下に気を配るあまり優柔不断になる上役では困るだろう。

「なら、おまんには悪いが、今回は鉄砲に詳しい小栗を寄騎にしたいと思う」

「あ、拙者に文句はねェです」

と、快活に答えた彦左の背後で見覚えのある顔が微笑《ほほえ》んだ。実弟の丑松《うしまつ》だ。

「よォ、兄《あに》ィ」

彦左に会釈した後、実兄に手を振った。

「殿の……平八郎《へいはちろう》様の御用できたんだわ」

弟は、本多平八郎の家来になっている。陪臣《ばいしん》だが、一応は騎乗の身分だ。

その平八郎が茂兵衛を呼んでいるという。彼の屋敷は浜松城の東、曳馬宿《ひくまじゅく》の際にある。茂兵衛隊が信州小諸に向けての出陣を控えていることは平八郎も知っていようから、それを敢えて呼び出すからには、余程の大事と思われた。

「分かった。すぐに参る。彦左……」

「委細承知。後はお任せ下さい」

少々偏屈なところはあるが、頼りになる筆頭寄騎が応えた。


「忙しい中を相すまんなァ……手短に済ませるから」

書院に通された茂兵衛が褥《しとね》に尻を置くや否や、平八郎は相好を崩した。

「おまん、伊賀《いが》越えで一緒だった花井《はない》を覚えとるか？」

「花井……」

伊賀越えから一年が経つ。一瞬戸惑ったのだが、すぐに少し間の抜けた若者の笑顔が蘇った。

「あ、花井庄《しょう》右衛門《えもん》殿……勿論、覚えておりまする」

花井は徳川の直臣《じきしん》で、現在は平八郎の寄騎をしている。茂兵衛とは伊賀越えの際、木津川草内《きづがわくさじ》の渡《わた》しから伊賀音羽《おとわ》まで共に戦った仲だ。

「ほうか。気が合うのか？」

「え、ええ……まあ」

しどろもどろになりながら、かろうじて答えた。

花井は正直で善良な青年だが、あまり賢い性質《たち》ではないのだ。有り体に言ってしまえば阿呆である。ただ恩ある平八郎から「気が合うのか？」と問われたら、まさか「いいえ、あれは阿保ですから」とも答えづらい。

「奴は、おまんのことを大層慕っておってなァ。漢《おとこ》の中の漢、武士の中の武士とえらい持ち上げようだがや、ハハハ」

「さ、左様で……」

――雲行きがおかしい。なにか厄介事を背負わされそうで警戒した。どうしてこう上役という人種は、難問を押し付ける前に必ず、下僚を持ち上げてくるのだろうか。

「奴をな……花井庄右衛門をな」

ここで平八郎は、大きく長く息を吐いた。

「おまんの鉄砲隊の寄騎にどうか、と思ってな」

「え？」

返答に詰まった。

伊賀越えで一緒だった横山左馬之助が、花井のトロさを徹底的に嫌い、始終愚《ぐ》痴《ち》を並べていたのが思い出された。これは左馬之助が特に意地が悪いということではない。もし平和な時代であれば、左馬之助も——無視ぐらいはするかも知れないが——わざわざ皮肉を言って、花井を邪魔者扱いしたりはしなかったはずだ。しかし乱世にあっては、賢くないことそれ自体がもう罪悪なのである。阿呆は周囲の足枷となり、延《ひ》いては負け戦の原因ともなりかねない。名誉も俸禄も命も、一人の阿呆のために失いかねない。戦時の人士が、平時の人士より、阿呆に厳しい所以《ゆえん》である。

百歩譲って、もしも花井が足軽として隊に参加するというのならまだ許せる。雑兵《ぞうひょう》は、小頭辺りから怒鳴られ、小突かれて、牛馬の如く命じられた通りに行動すればよいのだから。しかし、花井は歴《れっき》とした士分で、寄騎として茂兵衛隊に入ることになる。これは周囲から盛大に嫌われる。迷惑がられる。一つ間違えれば、茂兵衛隊の結束に亀裂を生じさせかねない。

「ま、気づいておろうが、奴ァ正真正銘の『たァけ』よ」

平八郎が言葉を継いだ。茂兵衛の困惑顔に気づき、ここは一気呵成《いっきかせい》に押し切って、茂兵衛に否と言う隙を与えない策であろうか。戦場での駆け引き同様、平八郎は鋭く突いてくる。

「しかし、一方で花井家は、安祥《あんじょう》以来の名家だからのう。殿も案じておられるのだ。『阿呆だから』の一言で見捨てることもできん。ここは料簡してくれ」

（だったら、あんたが面倒見たらよかろう。阿呆を排除できんとしても、どうして俺が厄介者を押し付けられにゃならんのよ。安祥以来の名家なら、名家同士で面倒見合わんかい。俺ァ元々渥美《あつみ》の百姓だがや。名家なんぞ知らんわ）

と、心中でこそ強硬に反駁《はんばく》したのだが、表面上は只々《ただただ》おろおろするばかりの茂兵衛であった。

「おまんは、少々曲がった若い衆を真人間に育てる名人だら。松平善四郎しかり、大久保彦左しかり、横山左馬之助しかりだがね」

阿呆の花井も、茂兵衛の薫陶《くんとう》で「一丁前にしてやって欲しい」「男にしてやってくれ」と、深々と頭を下げられて万事休す。

（参ったなァ……どうすっかなァ）

平八郎にすれば、体のいい厄介払いなのだろうが、茂兵衛も一隊を預かる物頭である。不出来な寄騎を抱え込めば、百人の部下を危険に晒すことにもなりかねない。本来ならば「その儀ばかりは御勘弁を」と断るべきところだ。

（でもよォ。今の俺に、そういう断固とした拒絶は荷が重いわ）

と、茂兵衛は指先で広く剃り上げた月代《さかやき》の辺りをポリポリと掻いた。

（断って、将来綾乃や松之助が「本多平八郎が頭を下げて頼んでも拒絶した料簡の狭い男の娘（倅）」と嫌われたら大変だもんなァ）

結局、茂兵衛は平八郎に押し切られた。花井を四番寄騎として預かることを受け入れたのだ。周囲に過剰適応し、嫌われる勇気を持てない物頭など害悪でしかない——と、自分でもよく分かっているのだが、どうしようもない。

そしてもう一つ。

百人の鉄砲隊に寄騎五人は多すぎる。今この時、花井庄右衛門より五倍は有能な小栗金吾の出世の道は閉ざされた。

第一章　泥濘《でいねい》街道《かいどう》

一

遠江国《とおとうみのくに》浜松《はままつ》から信濃国《しなののくに》小諸《こもろ》までは、おおよそ六十里（約二百四十キロ）を歩かねばならない。殊《こと》に、北遠江の二俣城《ふたまたじょう》から諏訪《すわ》盆地に出るまでの途中は、青崩《あおくずれ》峠と地蔵《じぞう》峠、高遠《たかとお》を過ぎて杖突《つえつき》峠、都合三つの峠が待ち構えている。さらに諏訪から佐久《さく》盆地に抜ける蓼科山《たてしなやま》越えの山道は険しい。大河の渡渉《としょう》こそないが、梅雨《つゆ》時で小河川も増水しているだろう。また泥濘で足元が悪いことも併せて考えれば、茂兵衛隊の健脚たちが急いでも、日に五里（約二十キロ）が精々——都合十二日前後の長旅となりそうだ。

茂兵衛の鉄砲隊は「小諸までの道はすべて覚えた」と豪語する彦左を先頭に、

二列縦隊で浜松城の大手門を潜った。一町（約百九メートル）先を行くのは、善四郎が率いる弓隊だ。浜松城を出て二俣城までは、天竜川《てんりゅうがわ》西岸の平坦な道を北上する。

茂兵衛は、愛馬雷《いかずち》の鞍上《あんじょう》から足軽たちを観察し、彼らの気分を探った。隊列のあちこちから下卑た軽口と、陽気な笑い声が聞こえてくる。時々交ざるのは足軽を叱る小頭《こがしら》たちの怒鳴り声だ。茂兵衛にも覚えがあるが、小頭という職種は怒鳴るのが役目である。声がひと際大きく、足軽の善行を褒めるときでさえ、怒鳴りつけているように聞こえる者が「よい小頭」とされた。

「こら〇〇兵衛、でかした。ようやったァ！　おまんの糞知恵で、家康公も大助かりだがや！　今後とも励めや、このドたァけがァ！」

──かくの如し。これでも褒めているのである。

これから鉄砲隊は、秋葉街道《あきはかいどう》を北上して諏訪に入り、八ヶ岳《やつがたけ》の北部、蓼科山を越えて小諸に出る。小諸城からは、昨年大噴火を起こし、今も噴煙を上げ続ける浅間山《あさまやま》が間近に見えるそうな。気の置けない仲間たちとともに大冒険の旅が始まろうとしているのだ。幸運に恵まれ手柄でも立てれば、人生が変わることだってあり得る。足軽たちの表情は明るく、心が浮きたっているように見えた。

（大丈夫だわ。鉄砲隊の士気は上々だがね）

百人余の配下たちを眺め、茂兵衛は満足げに微笑《ほほえ》み、頷いた。大仰な言い方をすれば、この鉄砲隊は自分の「作品」なのである。陶工が心血を注いだ茶器、刀匠が丹精を込めて鍛えた剣にも等しい。ここまでに育てるのは、決して容易なことではなかった。

大久保家の問題児で反抗的だった彦左は、今や茂兵衛の片腕にまで成長した。茂兵衛を親の仇と狙う左馬之助と、反対に茂兵衛の身を守ろうとする辰蔵は一触即発の状態だった。叱れば恨み、甘やかせば増長する足軽たちは、泥棒と博徒と馬鹿と怠け者の集団だ。とかく遠心力が働きがちな足軽部隊を、陽気な戦う集団へとまとめ上げたのは他ならぬ茂兵衛の手腕なのである。

（ま、誇らしいことだがや）

そう思ったところで、茂兵衛はふと思い当たり、雷の手綱を引いた。

ブヒン。

小さく嘶《いなな》いて馬が歩みを止める。徒士《かち》武者の清水富士之介《しみずふじのすけ》が手を上げ、後続の依田伍助《よだごすけ》と三人の従僕たちの行軍を止めた。この五名が今回従者として連れてきた茂兵衛の個人的な家来だ。主従以外の鉄砲隊は足を止めず、茂兵衛たちをどんどん追い越していく。

「伍助」

「はッ」

痘痕面《あばたづら》に鼻の曲がった若者が茂兵衛を見上げた。彼は昨年の三月までは槍持ちの従僕に過ぎなかったが、甲斐上野城《かいうえのじょう》の戦いで主人茂兵衛の命を救う武勲を挙げ、徒士武者に昇格したのだ。その折、出身集落の名をとって「依田」との苗字をつけたのは茂兵衛自身である。十九年前、自分もまた前主の夏目次郎左衛門《なつめじろうざえもん》から「植田」という苗字を貰った。かくのごとく、歴史は繰り返すのである。

「殿軍《しんがり》の木戸辰蔵まで伝令」

「はッ」

と、伍助が片膝を突いて畏《かしこ》まった。

「槍組を半分に分け、内一隊は鉄砲組の前を歩かせろ。以上、行け」

「ははッ」

と、一礼して駆け去った。

茂兵衛隊には鉄砲足軽の護衛用に、四十名の槍組が付けられている。いずれも一間半（約二・七メートル）ほどの持槍を自在にこなす槍足軽たちだ。もし敵の待ち伏せに遭ったとして、鉄砲隊は即応力に欠けるので、とりあえず応戦するのは槍組ということになる。ならば、四十人全員を後方に置くより、前後に配置するのが心得というものだろう。

「こら富士」

「はッ」

「なんだい、浮かねェ面だなァ」

大柄な富士之介が、少し口の端を歪めたのを茂兵衛は見逃さなかった。

「いえ、別に」

「お前《め》ェ、伍助とうまくいってねェのかい」

「いや、楽しくやらせていただいておりまする」

富士之介は、心の内を主人に見せまいと、表情を消し背筋をピンと伸ばした。

(まったく嘘の下手な野郎だァ……ま、正直なのはええことだけどな)

このぎこちない態度こそが、富士之介と伍助の不和を雄弁に物語っていた。

そもそも、間柄がギクシャクしているのは、この二人ばかりではない。植田家の奉公人たちの中で、伍助一人が周囲から浮いているらしい。

原因は彼自身にある。

伍助の鼻は、茂兵衛を助けた折、敵将の槍で顔を殴打されたことで大きく湾曲した。言わば殊勲の傷である。

「この鼻ァ、殿様の命と引き換えに、こうしてヒン曲がったのよ」

と、自慢し過ぎるきらいがあり、他の家来たちから盛大に煙たがられているのだ。

（ま、野郎に命を救われたのは事実だ。俺の方に遠慮があって強く叱れず、野郎を頭《ず》に乗《の》らせたのだとすりゃ、半分方は俺の所為《せい》だわ）

「おい富士」

「はッ」

「この中ではお前ェが一番の古株よォ。伍助に言うべきことがあるなら、遠慮はいらねェ。厳しく言ってやんな」

「はッ」

「お前ェが意見して、それでも直らないようなら、俺がきちっと言う。これでえか？」

「ははッ」

と、大男がホッとしたように笑顔を見せた。

そこへ騎馬武者が一騎、足軽の隊列にならんで進んできた。花井庄右衛門である。

「あ、お頭《かしら》……天気がもっとええですなァ」

と、花井が諂《へつら》うような笑顔で会釈した。

今日は曇天《どんてん》で雨こそ落ちていないが、いつ降り出してもおかしくない、今にも泣き出しそうな空模様だ。なにしろ、天正《てんしょう》十一年（一五八三）の梅雨は大雨続きである。「日記を書くのだけが生き甲斐」と陰で嘲笑されている深溝《ふこうず》松平家の当主家忠《いえただ》は、その日記に「五十年来の大雨」と記したらしい。

「ま、梅雨だからな。雨は仕方ねェよ。降るものと覚悟しとかにゃ」

と、花井には笑顔で返したが、内心では——

（まったく……随分と派手な鎧《よろい》ではねェか）

と、天気とは別のことで苛つき、苦虫を嚙《か》み潰していた。

筋兜《すじかぶと》を背中に吊り、小柄で華奢《きゃしゃ》な体に派手な色々威《いろいろおどし》の当世具足《とうせいぐそく》を着用している。当世袖や草摺《くさずり》の板札《いたざね》を威す紐の色を、一段毎に違えた煌《きら》びやかな甲冑《かっちゅう》だ。

花井の母親が「戦場《いくさば》でよく目立つように」と誂《あつら》えてくれたものであると聞いた。

彼女は戦場で目立つということは、同時に「敵の弓や鉄砲の標的にもなり易い」

とは考えなかったのだろうか。花井の阿呆さは、血筋かも知れない。茂兵衛は暗《あん》澹《たん》たる思いに駆られ、少し天を仰いだ。

（本来なら「そんな目立つ甲冑は駄目だ」と怒鳴りつけて済ます話だが、お袋様云々が絡むと、言いづらいなァ）

茂兵衛は「花井を四番寄騎として預かる」と伝えたときの、古参寄騎たちの反応を思い出した。

「拙者は反対です」

案の定、花井を知る左馬之助は強硬に反対した。

「武辺も経験も知恵もない。家柄だけが取り柄のような男、周りの足を引っ張るだけにございましょう」

「そんなに酷ェのかい？」

顔こそ見知っているが、花井とは喋ったことのない彦左が訊いた。徳川家は大所帯である。誰もが知り合いというわけにはいかない。

「本来、戦場におるべき男ではないのです。どこぞ安全な城に置いて、郡方《こおりかた》でもさせとくべきだ。優しい男だから百姓を虐《いじ》めんだろうし、丁度ええですわ」

余程、嫌なのだろう。左馬之助は、彦左を説得にかかり始めた。

「伊賀《いが》越えの折、お頭は奴を徹底的に使わなかった。遠ざけた。だから我らは生きて帰れたのでござる。伊賀越えは、たかだか二日、三日だからよかったが、四番寄騎となればそうはいきますまい」

「今さらどうするよ？」

たまらず茂兵衛が言い返した。

「花井を預かることはもう決まったことだがね」

「決まったことって……そこにも合点が参りません」

今日の左馬之助は、嫌に頑固だ——ま、頑固なのはいつものことか。

「今回の人事、殿様から命ぜられた公的な話ではないと伺いました。お頭は平八郎様から厄介者を押し付けられたということではないのですか？」

「たとえそうでも、平八郎様相手に否とは言えんわい」

「や、それはお頭と平八郎様の問題にござろう。鉄砲隊とは無関係だ」

「こら左馬之助、言葉が過ぎるがや」

筆頭寄騎の彦左が左馬之助を窘《たしな》め、ようやく二番寄騎は口を閉じた。ただ、条理は左馬之助にあることは、誰の目にも明らかだった。

「お頭らしくもない。どうしてはっきりと『その儀ばかりは』とお断りにならなかったのですか？　平八郎様も、そうそう御無理を申される方ではありますまいに」

黙って聞いていた辰蔵が、当惑顔で茂兵衛に質《ただ》した。もう二十年来の戦友で、義弟でもある辰蔵だが、余人の前では物頭《ものがしら》である茂兵衛の体面を慮《おもんぱか》り、こうして敬語を使ってくれる。有難いことだ。

(辰の言う通りだが……まさか、子を持って世間が怖くなったとも言えんわな)

「ま、花井は若い」

しばらく考えた後、茂兵衛は溜息混じりに口を開いた。

「幾度か戦火を潜れば一皮剝《む》けるさ。それでも駄目なようなら、そう言って平八郎様にお返しするから……俺に、しばし時をくれ」

「その間、幾人が奴の所為で命を落とすことやら」

「左馬之助、ええ加減にせえ！」

筆頭寄騎が二番寄騎を睨みつけた。

——馬上の茂兵衛は浜松城内での、そんな遣り取りを思い出していた。

(あの時ァ、俺に気を遣って左馬之助を窘めてくれた彦左だが、辰蔵共々、本音では「左馬之助の理屈に分《ぶ》がある」と思っとるんだろなァ。俺でもそう思うぐら

いだものなァ）
花井の件にせよ、伍助の件にせよ、人間関係は難しい。
「正論を言うは易く、行うは難し……や、危うしかな」
雷の鞍上でそんなことを呟き、茂兵衛は深い嘆息を漏らした。

二

会釈をして花井が通り過ぎると、その後方から、十人の鉄砲足軽を率いて元気に行軍してきたのは小栗金吾だ。
もし花井が来なければ、小栗は徒士身分を脱し、騎乗の身分へと昇格していたはずである。具体的な辞令が出ずとも「次は俺か？」と大体予測はつくものだ。武士なら誰も、馬に乗り、槍を立てて歩くことを望むだろう。その身分は、彼の子や孫へと、徳川家がある限り承継されていく。その機会を、家柄以外のすべての点で劣った花井に奪われた。賢い男だから、不平不満を態度や表情に出すことこそあるまいが、内心は愉快ではないはずだ。もし、その不満が戦場で出たら
――

（なんぞこちらにも、手当をしておいた方がええかな）

兜を背中に吊り、頭には鉢巻をした童《わらわ》のような赤い頬の小栗が、上目遣いに会釈をし、茂兵衛の前を行き過ぎようとした。

「おい、小栗」

と、声をかけた。深く考えた上でのことではなかったが、面白い着想が浮かんだのだ。

「はい、お頭」

「ちょっと来い」

雷の馬首を巡らし、道を少し外れた。小栗は古参足軽に、二言ほど小声で命じた後、一人雷の後を追ってきた。

往還から半町（約五十五メートル）ほど藪をいくと小径は小高い丘を上った。眺望が開け、北から南へと流れる天竜川の流域が広く見てとれた。

茂兵衛が馬から下り、路傍の自然石に腰を下ろすと、傍らに小栗が片膝を突いて控えた。

「おまん、今度来た花井庄右衛門をどう思う？」

「はあ？」

怪訝そうな顔で茂兵衛を見上げた。

「なに、この場は俺ら二人きりだら。思うところがあれば、なんでも遠慮のうゆうてみりん」

「はあ……」

少し間があったが、小栗が口を開いた。

「上役をどうこうは思いません。花井様の御下命に従うのみです」

「うん。それでええ」

小栗は、茂兵衛が自分に目をかけていると気づいているはずだ。その上役から水を向けられ甘えが出て、ペラペラ本音を喋るようでは危うい。

「花井は正直だし、好人物だが、鉄砲には不慣れだ。ま、なに一つ知らん。小諸まで早くても十二日はかかる。その間に、おまんは花井に鉄砲を仕込め」

「え……」

さすがに瞠目している。

「え、ではねェ。鉄砲の仕組み、撃ち方、当て方、延《ひ》いては鉄砲隊の指揮の仕方まで……おまんの知識をすべて奴に伝えろ」

「はッ。お教えします……ただ」

「ただ、だと？」

ギョロリと睨みつけた。

「み、身分が違いますゆえ」

花井は生まれながらの騎馬武者で、小栗は足軽あがりの徒士武者だ。両者の身分には大きな差がある。

「なるほど。難しかろうな」

「御意ッ」

と、不安げに頷いた。

「今の花井では鉄砲隊の寄騎は務まらん。ここに残りたくば、随一の鉄砲名人たる小栗金吾に師事せよ、それ以外に生き残る道はねェと、俺からきっちり釘を刺しておく。それならどうだ？」

「ははッ」

と、頭《こうべ》を垂れたが、まだ俯《うつむ》いた肩の辺りが少し不安そうだ。

「なあ小栗よ。ここだけの内緒の話だがな……」

前屈みになって、顔を近づけた。色白の丸顔がグッと近づく。体形もポッチャリとしており、武士というよりは大百姓の跡取り息子といった風情だ。これでも、鉄砲を撃たせれば、一発弾（つまり、散弾を使わずに）で飛ぶ鳥に当てる。

「下の者が上役を導くには、コツがあるのさ」

「コツ、にございまするか？」

「うん。相手をな……弟と思え。おまんは兄だが庶子だ。いずれは嫡男《ちゃくなん》である弟の家来となる。しかし、やはりそこは兄貴だ。年長者だ。相手は可愛い弟だ。その間合いで臨めば、卑屈にも、居丈高にもならんで上手く教え導けるはずよ」

「な、なるほど」

ホッとした様子で、少し笑みがこぼれた。

この話は、茂兵衛自身が善四郎の寄騎として、弓組にいた頃の実体験に基づいている。弓組を率いる善四郎は御一門衆の若様で、当時実戦経験はほぼなかった。平八郎が、足軽あがりの茂兵衛の経験と人柄を見込んで、教育係として善四郎の寄騎に据えたのだ。当初は戸惑ったが、善四郎を弟と思うようになってからは随分と楽になった。その後、実生活でも善四郎の姉を娶《めと》ることになり、本当の兄弟になってしまった。

「一つ心配なのはな……おまんのような男は、一度習えばすべて頭に入るのだろうが、俺や花井はおまんほど出来がよくねェ。習ったことなど右から左へすぐに忘れちまう。教える側のおまんとしては腹立たしいとは思うが、馬や犬を仕込むつもりで辛抱強くやって欲しい」

「はッ……では御頭、一つ無心がございまする」

「なんら、ゆうてみりん」

と、身を乗り出した。

今回の信州《しんしゅう》遠征に先立って、茂兵衛隊には三人の新米足軽が加入した。全員が鉄砲足軽であるが、三人とも実戦経験のない素人《しろうと》だ。小栗の無心は、花井一人だけでなくこの三人も「一緒に教育させて欲しい」というものであった。

「まず手前が、鉄砲の万事《ばんじ》を花井様に少しずつ御指導致します。次に、花井様には今習ったことを基に、新米足軽どもを教育していただきます。もし理解が違っていれば、その場で手前が修正させていただきます。十日もあれば、急ごしらえではあっても鉄砲隊指揮官一人、鉄砲足軽三人を一遍に養成できましょう。如何《いかが》？」

「うん」

妙案だと思った。

そもそも知識なぞというものは、ただ習っただけでは身につかない。習ったことを実践するか、人に教えるかすることで、初めて知識はその者の血肉となるものだ。

「ええ考えだがや。やってみろ。ただな小栗……」

茂兵衛は右手の人差指を立て、小栗の目を見た。

「少々配慮が要るぞ」

「は、配慮……」

と、瞬《まばた》きを繰り返した。

「三人の新米の前で花井に恥をかかせてはならん。ええか、奴はこれから、足軽たちに『死ね』と命ずる立場に就くのだ。威厳を損ね、花井が軽く見られるような物言いは禁じ手じゃ。そこはおまんが十分に気を配れ」

「は、はい」

小栗が頭を垂れた。

花井は正真正銘のたァけである。遅かれ早かれ、足軽たちにその実像は露見してしまうだろう。小栗に「花井が馬鹿にされないよう気を配れ」とは、随分無理な要求である。どの道、花井は大事な局面では使えない男なのだ。

（ま、小栗は花井に、鉄砲の知識を教え込んでくれればそれで十分。後は、俺が阿呆を使わなきゃええだけ。ほうだ、戦場では俺の側においておくさ。重要でない伝令に使ってもええし、脱いだ兜を持たせてもええ。寄騎は有能なのが三人もおるから十分だがや）

と、笑顔で小栗の肩を叩き、大石から立ち上がった。頭抜けて賢い男だ。小栗ならなんとかやってくれるだろうと高を括った。

三

善四郎の弓隊と茂兵衛の鉄砲隊は、二俣城で一泊し、翌朝は早くから天竜川に沿って北上を再開した。この辺りから山間《やまあい》の道に入る。今後、高遠を経て諏訪盆地までの四十五里（約百八十キロ）弱は——青崩、地蔵、杖突などの峠越えこそあるが——ほとんどは谷間の小径を辿る旅程となる。眺望も利かず、ある意味鬱《うっ》陶《とう》しい。梅雨期で足元が悪いことを考慮に入れれば、抜けるのに八日か九日もかかりそうだ。我慢の長丁場である。

舟戸《ふなど》で天竜川と別れ、今度は支流の水窪川《みさくぼがわ》に沿って北上した。両岸は比高百丈（約三百メートル）ほどの山並みがどこまでも続いている。

茂兵衛はこの辺の地理に詳しい。もう三里（約十二キロ）も歩けば、かつて城番を務めた懐かしの高根砦《たかねとりで》である。

その高根砦だが、残念ながら今は廃城となっていた。往時は武田領信濃と徳川領遠江の国境《くにざかい》が一里半（約十キロ）北方の青崩峠にあった。当然、国境の番城は必要不可欠な存在だったのだ。今は信濃も遠江も一応は徳川の版図だから、番城は不要になった。

茂兵衛としては、砦を見てみたかったし、できれば宿泊地としたかったのだが、今は荒れ果てて狐狸《こり》の棲家《すみか》となっているらしい。そこで高根砦のすぐ下、水窪川沿いの奥山郷《おくやまごう》に宿をとることにした。高根砦の城下町といった風情の集落だ。

砦番当時から昵懇《じっこん》にしていた村長《むらおさ》の屋敷に落ち着くと、茂兵衛は早速、猟師の鹿丸《しかまる》の消息を訊ねた。

「元気にしております。植田様のことだから、きっとお呼び出しがあるだろうと思い、声をかけておきました」

と、村長が笑った。

鹿丸は若いが腕の確かな猟師で、六匁筒《ろくもんめづつ》で一町（約百九メートル）先の的に当てる。六匁筒は、訓練を受けた鉄砲隊が使う強力な火縄銃だが、ま、狙って当てられる距離はせいぜい半町（約五十五メートル）である。いかに鹿丸の腕が優れているかが知れよう。茂兵衛隊随一の鉄砲名人である小栗金吾と鹿丸を競わせたら面白そうだ。

ただ、鹿丸を呼び出すのは、鉄砲の腕が見たいからではない。彼の猟師としての広い知識に期待しているからだ。猟師は獲物を追って山を越える、ときには国境も越える。どこの山には鹿が多く、どこの沢には大物の熊が棲むなどの情報を広く集めねば商売にならない。さらには、地場の国衆《くにしゅう》の動向や戦の噂などにも通じているものだ。つまり良き猟師とは、常に事情通なのだ。

「ご無沙汰致しておりまする」

平伏した鹿丸は、黒々とした顎鬚《あごひげ》を蓄えていた。昨年は嫁を貰い、今年は子を儲けたらしい。随分と立派になった印象だが、無口で不愛想なところはあまり変わらない。茂兵衛は鹿丸の正体を、どこぞの家中でしくじり、奥山郷に逃亡してきた鉄砲足軽だと睨んでいる。ま、無口なのは余計なことを迂闊《うかつ》に喋らないための用心なのかも知れない。

「道案内にございますか？」

「うん。猟師のおまんなら、獲物を追って遠くの山まで行くこともあろう。信州の山道に明るいのではねェかと思ってな」

「そりゃ、そういうこともございますが……どちらまで？」

茂兵衛は秋葉街道を北上し、高遠から杖突峠を越えて諏訪盆地に出て、さらに蓼科山の山腹を抜ける大門街道《だいもんかいどう》を経て、小諸に至る道筋を伝えた。

「その道なら御案内できるかと思われまするが……ちと厄介事が」

「ゆうてみりん」

「池《いけ》の平《たいら》の大門峠から上田《うえだ》に下りまする。上田から千曲川《ちくまがわ》を遡《さかのぼ》って小諸へ至るのが通常の道程。しかし手前、上田には少々……」

「つまり上田は、敷居が高いのだな？」

ほらほら、睨んだ通りである。

「へい。かつて不義理を働きましたもので」

「上田……真田《さなだ》家だな。つまりおまんは、元真田家の家来か？」

「ご、御明察」

と、平伏した。やはり鹿丸は、真田家に鉄砲足軽として奉公していたようだ。

「下られねェ喧嘩から、同僚を斬り殺し、上田にはいられなくなったのでございます。真田家の鉄砲を盗んで逐電し、故郷の奥山郷に隠れ住んでおりました、へい」

「ま、ええわ。俺に会う前のことだ。知らんがや」

茂兵衛も、奥山郷やこの先の青崩峠までなら土地勘がある。しかし、その先は知らない。砦番を務めていた当時、信州はまだ敵地で、足を踏み入れられなかったのだ。「道筋はすべて頭に入れた」と豪語する自信満々の彦左とて、所詮は絵地図上の知識のみである。善四郎の弓隊と合わせれば二百人からの徳川勢が、見知らぬ土地の山中で行き惑う事態だけはなんとしても避けたかった。今回は戦が待っているわけでもなく、決して急ぐ旅ではない。しかし「道を間違えて右往左往する」のはいかにもまずい。配下が指揮官への不信を募らせかねない。戦場で命令に従わなくなったら大変だ。その点、鹿丸に同道して貰えれば心強い。

「どうだら。上田を通らず、多少は遠道になっても佐久に出る。千曲川を下り小諸に至る道なら、おまんも気楽でええのではねェか」

「お心遣い、有難うございます。それならなんとか……」

「よし、決まりだ。もう否はねェぞ」

「ハハハ、では目的地の小諸城までご案内させていただきましょう」

と、腕利きの猟師が笑顔で平伏した。

奥山集落の北方に、茂兵衛の下で小頭を務めていた服部宗助《はっとりそうすけ》が、茂兵衛の弾避けとなって果てた場所がある。暗くなる前にと雷に乗り、小糠雨《こぬかあめ》の中、従僕の仁吉《じんきち》一人を連れてその場所へ向かった。馬から下りて菅笠《すげがさ》を脱ぎ、一人合掌する。心中で幾度か称名していると――

「義兄《あにじゃ》」

と、声がかかった。振り向けば、やはり善四郎だ。

「おう、どうされた？」

宿の前を偶《たま》さか茂兵衛主従が通るのを見て、後を追ってきたらしい。

「や、この辺の山々を見回すとな、どうにも四年前のことが思い出されていかんわい」

四年前の天正七年（一五七九）、家康の長男である信康《のぶやす》が、切腹を前に二俣城を抜け出し、この界隈《かいわい》の山を通って、武田領信濃への逃走を図ったのだ。善四郎は、当時高根砦の城番を務めていた茂兵衛とともに山狩りを行い、一度は信康を捕捉した。

「服部半蔵《はんぞう》さえしゃしゃり出てこなければ、あのまま信康公をお逃がしすることができたのだ」

四年が経った今、信康の死を求めた信長《のぶなが》はすでに亡く、信濃国は徳川の版図となっている。

「あの折、逃げおおせておられれば、去年の内に、信康公は徳川の跡取りとして復帰しておられたであろう……実に、お労《いたわ》しいことだら」

善四郎は雨に濡れながら、忌々しげに唇を噛んだ。

「まったくお労しい限りにござる」

そう応えて茂兵衛は、月代《さかやき》の水滴を手で拭い、改めて菅笠を被り直した。

(ま、そうなったらそうなったで大変だわな。自分を切り捨てた父親を恨みつつ岡崎城《おかざきじょう》に拠り、またぞろ徳川は分裂の危機に瀕しておったろうよ)

と、心中では皮肉な言葉をつぶやいていた。信康の死は悲劇だとは思うが、彼の死により、徳川家内における家康の求心力が増したのは事実だ。そのために家康は正妻と嫡男を見殺しにしたのだから。

「ふん、半蔵のような胡散臭い男を厚遇しておるから徳川は駄目なのじゃ」

善四郎も今年で二十七になる。徳川一門の血なのか、三十が近づくと体に脂がつき始めるようだ。善四郎も例外ではなく、顎の下にたっぷりと脂肪を蓄えている。なまじ容貌が秀麗で目鼻立ちがはっきりしているだけに、若干奇異な印象を受けた。

「左様でございますなァ」

と、一応は義弟にあわせたが、本心ではそう思っていない。

どこの組織でも陰はある。正々堂々と真っ向勝負ばかりしていては、やがて徳川は疲弊《ひへい》し、他国に呑み込まれてしまうだろう。そうならないように、陰の部分を引き受けているのが、偶さか服部半蔵だというだけのことだ。

（光が強けりゃ、その分、影は暗《くれ》ェだろうよォ）

茂兵衛は、三方《みかた》ヶ原《はら》の荒れ地で半蔵と遣り合った事実を、善四郎には伝えていない。否々、善四郎はおろか誰にも話していない。従僕の仁吉に問い質した寿美は「泥酔した亭主が服部家に怒鳴り込んだ」ところまでは知っていようが、茂兵衛は妻にその後の顛末を――

「刃傷沙汰になりそうだったので、捨台詞《すてぜりふ》を残し、帰ってきたのよ」

「捨台詞は、なんと？」

「ま、たァけとか、阿呆とか、その手の他愛もない憎まれ口さ」

「まったく貴方様は……それでは、童の喧嘩ではありませぬか」

――と、かなり矮小化して伝えておいた。寿美は安堵して笑っていた。

半蔵は実に不愉快な男だが、それでも果たし合いを通して、下衆《げす》は下衆なりに一分の理を持っていることに気づかされた。未来永劫、朋輩《ほうばい》になることはなくても、突き殺してやろうとか、恥をかかせてやろうとまでは思わなくなった。三方ケ原で愛馬雷の助太刀を得て半蔵を圧倒し、殺す寸前までいった事実を他言しない所以《ゆえん》ではある。

(なんだかこの頃、平八郎様や善四郎様と考え方が合わなくなってるなァ。ま、俺が本心を隠して「左様、左様」と合わせとるから波風こそ立たねェが……少しばかり寂しいわ)

最近の平八郎や善四郎は、建前や理想を前に押し出し過ぎているように茂兵衛には感じられる。逆に自分は、身も蓋もない現実を安易に受け入れ過ぎているようにも感じる。「懐が深くなった」「大人の分別」と言われれば嬉しいが、「没理想」「日和見《ひよりみ》」と貶《けな》されると反論できない。平八郎たちの思想が頑迷固陋《がんめいころう》化しているのか、むしろ彼らは変わっておらず、茂兵衛の方がぶれ始めているのか、自分では判断がつかなかった。

(やはり、人の親になったことが関係しとるのかね)

と、心中でぼやいて、顔についた水滴を掌《てのひら》で拭った。

「よう降るなァ」

善四郎が菅笠の縁を持ち、空を見上げた。もう大分暗くなってきた。雨の深山《しんざん》幽谷《ゆうこく》を、霧か霞《かすみ》が棚引いてゆっくりと川下の方へと流れていく。

「佐久も小諸も、当面は戦の気配はござらん。一日、二日を急ぐより、兵を休めることもお忘れなく」

「うん、そうだな」

と頷いたが、茂兵衛を見ようとはしなかった。

（糞ッ。指図しているような言い方はまずかったな。もう二俣城に籠っていた頃の善四郎様ではねェんだ。立派な足軽大将に、兄貴風を吹かせるのはよそう）

と、反省した。

「ね、義兄《あにじゃ》？」

「はい」

「義兄は、配下の足軽たちから好かれておるか？」

妙なことを訊いてくるものと、面食らった。

「さあ、どうですかな……怒鳴るし、叱るし、時には拳固もふるう。おっかねェ親父だと煙たがられているのでは？」

「ハハハ、そんなことはあるまい。拙者は義兄のことを悪く言う足軽を、一度たりとも見た覚えがないぞ」

「それは、善四郎様がそれがしの義弟と皆が知っているからでしょう」

「そうかも知れんが……」

善四郎は俯いて、少し考え込んでいたが、やがて茂兵衛を見て言った。

「ま、少なくとも拙者は、配下から好かれようとは思わん。戦場で命令をちゃんと聞いてくれればそれでええ。聞かん者は厳しく処罰する。それで十分。それが拙者の物頭道よ」

「なるほど」

と、笑顔で頷いたのだが、内心では、茂兵衛が足軽に好かれようとして「おもねている」と指摘されたようで、少し不快に感じていた。なまじ思い当たる節がなくもないわけで、ことさらに嫌だった。

翌日は、いよいよ最初の難所、青崩峠越えだった。一里（約四キロ）進む間に、比高百丈（約三百メートル）ほどを上り、下る。登山ほどの急勾配ではないが、山中のいたるところで剝き出しになっている青みを帯びた岩盤は脆《もろ》く、崩れやすい。この地が「青崩れ」と称される所以である。さらに雨中の行軍ともなれば、足元が滑り、衣服や甲冑は濡れて重たくなり、無闇に体力を消耗させた。

十一年前の元亀《げんき》三年（一五七二）十月。武田信玄《しんげん》は、この青崩峠を通って三河《みかわ》遠江への侵攻を開始した。三方ヶ原戦の二ヶ月前のことである。そして今、その同じ峠を遠江側から越えて、茂兵衛たちは武田の旧領である信州に入ろうとしているのだ。三方ヶ原戦の生き残りの一人として、隔世の感があり、感慨深かった。

峠と言っても、ここは西方の熊伏山《くまぶしやま》と東方に聳《そび》える大《おお》ヌタ山《やま》との間の鞍部であり、晴れた日でもさほどに眺望はよくない。雨の日ともなれば、ただの狭い切通しである。

「うわーッ」

「こりゃ、足元をちゃんと見て歩け！　たるんどるぞ！」

足軽が足を滑らせて尻餅をつき、小頭が怒鳴りつけたのだ。

「ええか。転んでも鉄砲だけは壊すなよ。おまんらの代えはなんぼでも利くが、鉄砲の代えは利かんからのう。殿様からお預かりした大事な道具を壊した野郎は、拙者が生皮を剝《は》いでくれるぞ！」

ハハハハ。ハハハハ。

周囲の足軽たちから一斉に哄笑《こうしょう》が沸き上がった。生皮を剝がされる側が笑っているのだから、たぶん大丈夫だろう。

峠を過ぎて下り坂になると、転ぶ者が続出し始めた。浜松城を発《た》ってから今日で四日目だ。その内、三日は雨に降られており、足軽たちの疲労は極限に達しているようだ。つまり足腰に疲れが溜まった結果、踏ん張りが利かず、下り坂で転ぶのである。

ただ、これがもう数日すると「終日歩くことに、心と体が慣れ」そうそうには辛くなくなるから不思議だ。茂兵衛の経験上、三日目、四日目の辺りが一番辛いし、怪我も多い。今宵の宿でゆっくり眠らせることが肝要だ。

「左馬之助！」

と、二番寄騎を呼んだ。

「はッ」

隊列の最後尾を辰蔵と轡《くつわ》を並べて進んでいた左馬之助が、弾かれたように鐙《あぶみ》を蹴り、茂兵衛に駆け寄った。

「なにか？」

「おまん、ご苦労だが、ここから先行してな……」

青崩峠から一里半（約六キロ）下ると、天竜川の支流の遠山川《とおやまがわ》に突き当たる。川に沿って四半里（約一キロ）ほど遡れば、右手山側に見えてくるのが和田城《わだじょう》だ。

昨年、本能寺《ほんのうじ》の直後、徳川と北条が武田旧領の領有を巡って争った折――天正壬午《じんご》の乱とも呼ばれる――北条勢は一気に徳川の本国を突かんと、秋葉街道を南下した。その進撃を止めるべく派遣された山家三方衆《やまがさんぽうしゅう》の奥平信昌《おくだいらのぶまさ》が、城主遠山《とおやま》景直《かげなお》とともに籠ったのが、この和田城だ。

景直には、四日目夜の「宿泊所として使いたい」と前もって依頼は出してあるのだが、もう半刻（約一時間）ほどで到着するので、左馬之助を前触れに出した次第だ。強行軍の疲れが高じている今、足軽たちをせめて屋根のある場所で眠らせてやりたかった。

（これは別に、配下たちにおもねているわけじゃねェからなァ。足軽大将なら誰でも考えるこったァ）

ブツブツと心中で呟いた後、茂兵衛は苦笑した。やはり昨日の善四郎の一言が気になっているようだ。漢《おとこ》の中の漢と称される鉄砲大将の茂兵衛様にしては、なんとも女々しく、意気地のない話ではないか。

四

和田城は中世式の城郭であった。椀を伏せたような小山の頂上に詰めの砦があり、その麓《ふもと》の居館に遠山一族が暮らしている。

城主、遠山土佐守《とさのかみ》景直は、色黒で筋肉質、目つきの鋭い中年の男だった。見る限り、戦場ではかなり働きそうだ。

「鉄砲大将の植田茂兵衛殿ですと?」

館の書院で、景直が茂兵衛の顔を覗き込んだ。

「貴公はもしや、昨年甲府《こうふ》で一条信龍《いちじようのぶたつ》殿と一騎打ちを演じられた御仁ではないのか?」

「は、恥ずかしながら」

さすがに照れて、首の後ろを掻いた。

甲斐上野城主一条信龍は、武田二十四将の一人で、信玄の異母弟である。昨年の武田征伐の折、茂兵衛が激闘の末に(従者である依田伍助の助けを借りて)ようやく討ち取った猛者《もさ》だ。

「相手は槍、義兄《あに》は打刀での勝負にござった。残念なことに、拙者は実見し損ないましたが」

隣から善四郎が、嬉しそうに余計なことを付け足してくれた。

「ワシも元は武田方、一条殿の武辺は武田家内外に轟き渡ってござった。それも槍名人としてな。打刀で槍にどう挑まれた？　今宵は後学のため根掘り葉掘り、詳しく伺わねばならん」

景直が相好を崩し、嬉しそうに両手をもみ合わせた。

遠山家と言えば、東美濃《みの》の有力国衆として名高いが、あれは本家筋で、和田城のそれは信濃遠山家、乃至は江儀《えぎ》遠山家などとも呼ばれる。

長く信玄に仕え、武田家滅亡時にも最後まで主家を見捨てず、先代景広《かげひろ》自らが高遠城に籠り、城主である武田勝頼《かつより》実弟の仁科盛信《にしなもりのぶ》を守って奮戦し、壮絶なる討死を遂げた。本能寺以降は徳川に臣従し、景広の子の景直が和田城と遠山郷を安堵されている。

景直は茂兵衛と善四郎を、なかなか放そうとしなかった。草深い山里暮らしで外部の話題に飢えていることもあろうが、それ以上に、徳川家の新参者として、少しでも主家の情報が欲しかったのだろう。

景直に解放され茂兵衛が宿所に戻ったのは、子《ね》の上刻（午後十一時頃）を少し回った頃であった。

宿所では、鉄砲小頭の小栗金吾が待っていた。従僕の仁吉によれば、戌《いぬ》の上刻（午後七時頃）からずっと座っていたらしい。

「い、戌の上刻からだと？　たァけ、どうして報せない！」

「板戸の外までゆき、小姓の方に取次を頼もうかとも思いましたが、楽しげに歓談されておられましたので、声をかけづらく……」

どうやら仁吉を責めるのは筋違いのようだ。

「随分と待たせせた。相すまんな」

と、一言詫びて上座に腰を下ろした。長旅で疲労困憊であろう若者を二刻（約四時間）も待たせ、その間呑気に酒を飲んでいたとは――

（俺ァ、足軽大将失格だわ）

心底から恥じ入った。

「花井の件か？」

「……はい」

小栗が小さく頷いた。どこか陰鬱な表情だ。きっと悪い報せに違いない。

「面倒でも起こったか？」

やはり阿呆の教育を、小栗一人に丸投げしたのは間違いだったようだ。

「や、一応は順調で……特に厄介事は起こっておりません」

と、怪訝そうな顔で小栗が返した。

（え、そうなの？）

少し気が抜けた。

「ならなんで、おまんは一刻もここで待っとったのか？」

「それは、お頭から『四日毎に報告せい』と命ぜられたからにございます」

「よ、四日毎だと？」

酔った頭で必死に思い出してみた。

（あ、ほうだほうだ、確かにそうゆうたわ……おいおいおい、すっかり忘れとったなァ）

かなり動揺した。配下に命じたことをすっかり忘れる——そろそろ老耄《ろうもう》が始まっているのかも知れない。戦場で苦労に苦労を重ねた武者は「常人より早く老《ふ》けこむ」と、どこかで聞いた覚えもある。

（そういえば、鼻毛に白い物が交じっとった……もう俺、爺ィなのか？）

小栗と目が合った。茂兵衛の顔を不安げに見ている。彼は特に優秀な小頭だ。上役として弱味を見せたくはなかった。

「うん、ほうか。今日が四日目か……確かにそうだな」

忘却していた事実を糊塗《こと》するため、動揺を静めるため、わざとゆっくり指を折って日にちを数える振りをした。

「で、この四日、どうだった？」

「はッ、ご報告致しまする」

結論を言えば、花井と新米足軽の訓練は、意外と順調に進んでいたのである。

小栗が花井に指導して、それを花井が足軽たちに教える、言わば二段構えの講習だ。確かに花井は覚えがよくないし、伝えたことを間違って理解している場合も多い。ただ、それでも真摯な態度で教えを乞うているらしい。

「総じておまんとしては、手応えを感じておると申すのだな？」

「はい」

「前にもゆうたが、くれぐれも花井が足軽たちから嘗《な》められんよう、気を配ってくれや」

「はッ」

「他になんぞあるか？　申したいことがあれば聞くぞ」

「はい……多少、疲れが重なっておりまする」

言われてみれば小栗の頰は少し削《そ》げている。

鉄砲の練習をしている間、鉄砲隊はどんどん先に行ってしまうから、小栗と花井と新米足軽三人は、練習を終えると駆け足で本隊に追いつかねばならない。一貫（三・七五キロ）近くある火縄銃を担いで、五里（約二十キロ）の道を走る。そんな厳しい鍛錬の日々が、今日で四日も続いているわけだ。

（そりゃ疲れるわな。ま、花井は馬だから問題ねェとして……）

「足軽三人の年齢は？」

「十八、十八、二十二にございます」

（うん、まだガキだ。若いから大丈夫だら。走っているうちに、体の方が慣れる。へばるとすりゃ小栗か？　ま、こやつの唯一の欠点は肥えとるとこだ。戦場でどうしても動きが鈍くなるからなァ。もう少し体を絞った方がええ。走るのは、むしろ身のためだがや）

日頃から肌身離さずに持っている熊胆《ゆうたん》を取り出し、脇差で削った大きな切片を懐紙に包み、小栗に渡した。

「熊《くま》の胆《い》だ。精がつく。寝る前に米粒ほどを水に溶かして飲め。大層苦いが、翌朝には疲れが消えておる」

小栗が平伏して、宿所を去ると、仁吉を呼び、水を持ってこさせた。熊胆を削って茂兵衛も飲み下し、寝具に潜り込んだ。

翌朝は気持ちよく目覚めた。前夜の疲れも酒もまったく残っていない。手足に力がみなぎるようで茂兵衛は寝具の中で大きく伸びをした。

（小栗の奴にも、効いておるとええがのう）

和田城の大手門前で床几《しょうぎ》に座り、鹿丸と言葉を交わしながら皆が揃うのを待っていた。

「え、米粒？　大き過ぎます。熊の胆は、胡麻粒ぐらいで十分に効きますぜ」

鹿丸が慌てて訂正した。

「ほうか。でも、ま、多い分には構わんだろう」

「いやいや、それがですな……」

遠くに小栗の背中が見えた。

「おーい、小栗」

なんぞ言いたげな鹿丸を制して、小栗を呼んだ。

（米粒だろうが胡麻粒だろうが、飲んだ小栗が精気を取り戻してさえいれば、それで話はお終《しま》いだがや）

呼ばれてやってきた小栗の顔――両の鼻孔に、小さく丸めた懐紙が突っ込まれている。小栗は片膝を突いて控えた。まるで泣き出しそうな顔だ。

「どうしたら？　おまん、まさか熊の胆が体に合わんかったのか？」

「や、おかげ様で疲れは消え申しました。熊の胆、大層効くと思いまする。かたじけのうございました」

頭を垂れ、そして続けた。

「ただ若干効き過ぎまして。朝から体が火照《ほて》り、動悸と鼻血が止まらず、はい」

傍らに控えて聞き耳を立てていた鹿丸が天を仰いだ。

「そ、そんなことがあるのか？」

茂兵衛はかれこれ七年も服用しているが、そんな症状が出たことは、かつて一度もなかった。

「さらには……」

「どうした？」

「御免」

と、断って小栗が茂兵衛に顔を寄せ、耳元で囁《ささや》いた。

「お、女子《おなご》が欲しゅうて、欲しゅうて……辛抱がたまりませぬ」

「た、たァけ」

ゴンッ。

赤面し、小栗の月代の辺りを拳固で殴った。元より、優秀で気真面目な若者を色ボケにしたのは熊の胆で、それを与えたのは茂兵衛で、しかも分量を間違えたのだ。

「も、申し訳ございません」

と、精力を持て余した足軽小頭は、再度控え、深々と頭を垂れた。抜いた鼻毛に白髪を見て愕然とする茂兵衛と、健康で溌剌《はつらつ》とした二十五歳の小栗では、同じ熊胆でも効き目が大分異なるようだ。

鹿丸は溜息をつき、俯いてしまった。

事ほど左様に、素人判断の手治療は危うく、かつ恐ろしい。

五

浜松城を発って七日目となる夕方、馬を止めて山腹の街道上から北方を眺めると、三峰川《みぶがわ》が穿《うが》った渓谷を挟み、対岸の丘陵に、雨にかすんだ城郭が望まれた。

「あれが高遠城か？」

「左様にございまする」

案内役の鹿丸が茂兵衛に頷いた。

三峰川と藤沢川《ふじさわがわ》が城の三方を囲むように流れ、背後の月蔵山《つきくらやま》の裾野が舌のように伸びた丘陵の先端に高遠城は立っていた。当然、月蔵山方面から攻め込まれぬ用心に、深い堀切《ほりきり》が穿ってある。総じて守りの堅そうな城だ。

堀切――尾根の一部を楔《くさび》形に穿ち、尾根筋を伝っての侵入を困難にさせる城の防御施設である。

昨年三月二日、織田信長の長男信忠《のぶただ》は勝頼の実弟が籠るこの堅城を、わずか一日で落としたという。どれほどの猛攻を加えたのだろうか。城将の仁科盛信は自刃。享年二十六。ただ、攻め手の信忠自身もきっかり三ヶ月後の六月二日、京都二条《にじょう》新御所内で自刃して果てた。これまた享年二十六。宿命とでも呼ぶべき星の下に生き、そして死んだ若者たちに茂兵衛は思いを馳《は》せた。

昨年の夏以来、この城には伊那《いな》の国衆で武田遺臣の保科正直《ほしなまさなお》が入っている。一応は、家康に起請文を差し入れ忠誠を誓った御味方だ。

「でも、大丈夫かな？」

善四郎が、濡れそぼった馬の首を優しく叩きながら不安げに呟いた。

「保科の奴は、黒駒《くろこま》合戦までは様子見で、むしろ北条に靡《なび》いておったがね」

黒駒合戦とは、昨年の天正壬午の乱において、御坂峠《みさか》を駆け下ってきた一万の北条別動隊を鳥居元忠《とりいもとただ》がわずか二千の寡兵で打ち破った合戦だ。それまで徳川と北条の間で日和見を決め込んでいた武田の遺臣たちが、雪崩《なだれ》を打って徳川に与《くみ》する契機となった。

「諱《いみな》に正直《しょうじき》とは、ハハハ……よう恥じらいもなく付けまするなァ。とんでもない食わせ者かも知れねェわ」

彦左が笑った。

先頭の茂兵衛と善四郎、それに彦左が馬を止め相談し始めたのを見て、左馬之助と辰蔵、最後尾を進んでいた善四郎麾下《きか》の三人の寄騎衆が鐙を蹴り、馬を寄せてきた。

本来ならば、花井も寄騎の一人であり、相談に参加する資格はあるのだろうが、彼は鉄砲の練習で、本隊から大分遅れている。

青崩峠の辺りまでは、弓隊が先行し、鉄砲隊も隊列を崩さずに整然と進んでいたものだが、雨中の行軍が四十里（約百六十キロ）も続くと、小頭たちがどんなに罵声を浴びせて督励《とくれい》しても、遅れる者は遅れるようになってきた。個々の体力差は如何《いかん》ともし難いのだ。あまり無理な要求をすると、相手は戦国の足軽だ。深く上役を恨み、戦場でその銃口をどこに向けるやら分からない。

今では、先鋒と殿軍に騎馬武者を配し「その狭間を歩く分には、咎めない」と方針を変えた。弓隊も鉄砲隊もなく、只管《ひたすら》黙って、虚ろな目をして、北を目指しよろよろと歩を進めている。

「義兄《あにじゃ》、どうする？」

善四郎が、菅笠の縁を摘まんで持ち上げ、茂兵衛を見た。笠に溜まっていた雨水がザッと背中の方に流れ落ちた。

この三日間、ずっと雨が降り続いている。和田城を発ったのが一昨日《おとつい》の朝、以来山中での二泊は完全なる野宿であった。しかも、地蔵峠という難所まで越えねばならなかった。徒歩で進む足軽たちの気力と体力は、もう限界に達している。

「できれば、屋根のあるところで眠らせてやりたいですなァ」

「咳き込む者も増えておりまする。せめて高台の、乾いた場所に小屋掛けさせるべきです」

左馬之助と辰蔵が相次いで発言した。

「これだけ降ったら、この世に乾いた場所などあるもんかね」

と、善四郎の寄騎の誰かが元気なく呟いた。

足軽たちの野宿は、片屋根の簡易な小屋を掛け、その下に枯葉などを敷き、潜り込んで寝るだけだ。壁はなく吹き曝しだから、乾いた枯葉がないと、水溜まりの中で眠るような仕儀となる。

「三夜続けての野宿はさすがにまずいな」

ようやく茂兵衛が口を開き、善四郎に向かって意見を述べた。

「信濃の国衆は互いに競い合い、親族間の血腥《ちなまぐさ》い抗争も後を絶たない。しかし、外部に対して、特に国守《こくしゅ》である我々徳川に対して牙を剝きましょうか？」

「なくもあるまい。無謀で短気な奴らだぞ？」

善四郎が返した。

「ハハハ、善四郎様ほどではございますまい」

「たァけ。彦左、黙れ！」

善四郎と彦左が漫才を演じたので、一同に笑いが起こった。

信濃国衆の多くは、知行数千から数万石の小領主たちだ。外部勢力に対し、単独ではなにもできない。対する徳川は五ヶ国の太守である。今年八月には北条氏直《うじなお》に次女督姫《とくひめ》を嫁がせ老大国との紐帯《ちゆうたい》を強化し、後顧《こうこ》の憂《うれ》いを除いた。織田家を掌握した秀吉《ひでよし》とも現在は良好な関係にある。今の徳川は盤石なのだ。もし保科正直が徳川直参の鉄砲隊と弓隊を襲うとして、誰と組むというのか？　唯一考えられるのは越後《えちご》の上杉景勝《うえすぎかげかつ》あたりだろうが、彼は天正壬午の乱で力不足を露呈した。徳川と北条、睨み合う両巨頭の前に、なにもなしえなかったのだ。だから

「保科正直は、我らに敵対しますまい」

と、茂兵衛は結論づけた。

「善四郎様、保科正直を信じるというより、我ら徳川の力量を信じて、今宵は高遠城へ泊まりましょうぞ」

「ま、義兄《あにじや》がそう申されるなら、拙者に異論はないが」

と、善四郎も茂兵衛の案に乗った。御一門衆の善四郎を奉《たてまつ》ってはいるが、小諸に派遣される弓隊、鉄砲隊の事実上の総指揮官が茂兵衛であることは、誰の目にも明らかだった。茂兵衛たちは、高遠城に泊まることに決めた。

高遠城主の保科正直は、長身痩軀《そうく》な四十前後の男だった。黒く濃い髭の中に白いものが交じって見える。彼は、徳川の足軽たちの疲れ果てた様子を見て、大層心配してくれた。

「この有様では、一朝事あるときに働いてくれませんでしょう」

保科は、明朝の出発に強く再考を求めた。

「明日一日だけ、この高遠城内で骨休めなされ」

茂兵衛は、保科正直の好意に甘えることにした。

たかが一日、されど一日である。保科の言葉に従ってよかった。

わずか一日で体力が完全に回復することもないのだろうが、気分転換とか、精神的な休養には十分だったようだ。ここしばらく、農家の牛馬と変わらない強行軍が続いていただけに、足軽たちには自分が人間であることの有難味が身に染みたのではあるまいか。現に、朝早くに集まった配下たちの表情は、活き活きと輝いて見えた。

（よし、これでええわ。あと三日……なんとか小諸までもつがね）

茂兵衛は安堵して、出発の号令をかけた。

杖突街道を北へたどり、その日のうちに諏訪盆地へと出た。高遠から諏訪の茅野《ちの》まで七里（約二十八キロ）はあるから、この日が今までで一番距離を歩いたことになる。高遠で一日休んだお陰であろう。

保科は諏訪での宿舎に茅野の上原城《うえはらじょう》を勧めていた。上原城は、元々諏訪氏の居城で、城下も栄えていた。だが諏訪氏が武田氏に攻め滅ぼされた後は、諏訪地方の政《まつりごと》の中心は桑原城《くわばらじょう》に移った。上原城には武田の城番がおかれたが、昨年の武田征伐で廃城となったのだ。それでも、まだ宿泊程度なら可能だという。野宿よりはよいので廃墟に泊まることにした。

夜中に、頭に矢が刺さり、大童状態の武者がのし歩く姿を複数人が見た。騒動になりかけたが、彦左が一喝して一応は静まった。

「たァけ」

迷信深い足軽たちの動揺を静めようと、茂兵衛が大声で説いた。

「もし本当におっても、幽霊は悪さをしねェ。無害だ。数百人を殺してる俺が無事に生きとるのが何よりの証拠だがや」

一同から、陽気な笑い声が起こった。これで大丈夫だろう。

その後は、武者の霊に悩まされることもなく、無事に翌朝を迎えた。

いよいよ旅も大詰めであるが、天気は曇りでやや蒸し暑い。

最後にして最難関の蓼科山越えだ。茅野から小諸まで十五里（約六十キロ）ある。鹿丸の事情もあり、上田へは抜けずに、佐久に下りるから少し遠道になりそうだ。さらには、最高地点の大門峠まで辛い上りが続く。十五里を一日で踏破すべし——などと欲を張らず、余裕を持って山中で一泊するつもりである。

茅野から上田へと抜ける山道は大門街道とも呼ばれた。古くから諏訪と上田や佐久を結ぶ大事な往還であった。比高二百丈（約六百メートル）余を上る。茅野からしばらくは、上り坂といってもなだらかで、喋りながらでも上れるが、途中から急勾配に変わり、息が切れた。

昼前には小雨が降りだし、鬱陶しかったのだが、その分、蒸し暑さは凌げた。

上り切ると深い森は姿を消し、一気に視界が開けた。東に霧雨《きりさめ》に煙《けぶ》る蓼科山の頂《いただき》を望む広々とした場所である。ここで小休止をとることにした。池の平と呼ばれる高層湿原だそうな。幹が白い木が疎《まば》らに生えていた。

「美しい木だがね。初めて見たわ」

茂兵衛が呟くと、周囲に寝ころんでいた足軽たちからも「見たことがねェ」と同意する声が上がった。

「や、信州にはよう生えとりますわ。シラカバとか申します」

と、鹿丸が教えてくれた。

「屋敷の庭に植えたら、女房殿が喜びそうだがや」

「ええですなァ。でも、どうですかね。山の高い場所に生えとりますから、暑さが苦手なのかも知れません」

「浜松では根づかんかな？」

「おそらく……すんません」

無論、鹿丸が謝る筋合いではない。

休息を終え、池の平からさらに上ると、大門街道の最高地点、大門峠に差し掛かった。この長い旅で、もうこれ以降「上ることはない」と思えば、幾分心が軽くなった。

「晴れておれば、池の平と蓼科山がよう見えますのになァ」

と、鹿丸が残念がったように、雲霧《うんむ》が濃く、池の平からは望まれた蓼科山はもう見えなくなっていた。

翌日、佐久にまで下りてくると、千曲川の屈曲部に突き出した丘の上に、岩尾《いわお》城《じょう》が遠望できた。天気が回復し、久しぶりに陽光を浴びての行軍だ。雨は懲り懲りだが、陽が射すと、それはそれで蒸し暑い。

今は廃城となっているこの城を、今年の二月、依田信蕃が攻めた。徳川に与することを拒む城主大井《おおい》氏が説得に応じず、力攻めとなったのだ。依田は先頭に立って奮戦したが、銃弾を受け、呆気なく討死してしまう。

元々依田は東信濃の有力国衆で、武勇にすぐれ、義に篤く、仲間内から一目置かれる存在であった。家康は、評判のいい依田を、東信濃衆を手懐けるための要《かなめ》と考えていた。彼が「徳川に忠誠を尽くすべし」と真剣に説けば、多くの東信濃衆はその言葉に従っただろう。

「依田信蕃か……長篠《ながしの》直後の二俣城で、半年に亘り粘りに粘った城番だな」

鞍上で揺られながら、善四郎が記憶をたどるようにして呟いた。

「駿河《するが》の田中城《たなかじょう》で最後まで抵抗したのも奴だ。惜しい兵《つわもの》を亡くしたものよ」

「善四郎様の初陣の折を思い出しまするな」

陽光が月代を照らし暑くて仕方なく、菅笠を取り出して被りながら茂兵衛が言った。

「二俣城の籠城戦か」

十一年前の元亀三年（一五七二）十月、三方ヶ原戦の直前のことだ。信玄の南下を受け茂兵衛と初陣の善四郎は二俣城に籠った。寄せ手は攻撃開始に際し、騎馬の軍使が大手門前に進み出て、開城降伏を勧告した。その軍使こそが依田信蕃で、茂兵衛と善四郎は大手門の櫓に籠っていたから、若かりし頃の依田の雄姿を見ていたのだ。

——で、頼みの依田を失い、困り果てた家康は、大久保忠世の団栗眼《どんぐりまなこ》に賭けざるを得なくなったわけだ。忠世は愛嬌があるし、抜け目はないし、誠実とも言える男だ。外交担当者としての資質は高いと言える。だが、それでも東信濃衆からすれば、所詮は他所者《よそ》なのである。その言葉に依田ほどの説得力は望めないであろう。交渉で落とせない相手なら、武威で脅すことも必要になろう。結果、現在茂兵衛たちが苦しい行軍を強《し》いられている次第だ。

大門峠を越えた頃から、所々に降灰の跡が見て取れたのだが、佐久まで下りてくると灰が田畑に積もっており、また異例の大雨の影響や日照不足もあって、信州の農村の疲弊ぶりは目を覆うばかりであった。

「秀吉の奴が気前よう信濃を渡したはずだがや。これじゃ、うちの殿は出費が嵩むばかりだわ」

と、善四郎が舌打ちした。天災ばかりは仕方がない。

六

浜松を発ってから十一日目、茂兵衛隊と善四郎隊は小諸城へと着陣した。総移動距離が六十里（約二百四十キロ）強だから、平らに均《なら》せば日に六里（約二十四キロ）歩いた勘定となる。その数字自体はさほどのものではないが、青崩、地蔵、杖突、大門と四つの峠を越えてきた。さらに連日雨が降り続いたこと、九泊したうちの三泊が野宿であったことなどを考慮すると、体力的にも精神的にも辛い旅だった。

小諸城は、浅間山の裾野に建てられた平山城《ひらやまじろ》であり、南側と西側には千曲川が流れていた。北東に三里（約十二キロ）離れた火口からは、今も天に達するほどの噴煙が立ち上っている。

（この山が噴火した直後に、名門武田が滅び、後を追うように天下人信長が死んだ。天下は秀吉のものとなり、我が殿は五ヶ国の太守に成り上がられた。ま、後付けかも知れねェが、御山が「これから大変な世相になるぞ」と報せてくれていたのやも知れねェなァ）

荒ぶる大自然の規模と威容に圧倒され、茂兵衛は柄にもなく宿命論に捉われていた。

大久保忠世の弟である大久保忠佐《ただすけ》と、忠世の長男である忠隣《ただちか》が小諸城の大手門外にうち揃い、手を振って一行を出迎えてくれた。二人と茂兵衛は長い付き合いで、昨年の伊賀越えでもともに戦った仲だ。小諸は初めての土地だが、古い馴染みの笑顔を見ると安心できる。この辺が大久保党のいいところだろう。徳川譜代の名門ながら、偉ぶったところがなく、気さくで明るい。こうして一族の武将が、長旅に疲れた足軽たちをわざわざ出迎え慰労すれば、彼らもついほだされて「大久保様なら、ひとつ男にしてやるべい」と頑張ってくれそうだ。大久保党が滅法戦に強い所以かも知れない。

ただ、当主の忠世の姿が見えないのはどうしたことだろうか。

「善四郎様、茂兵衛……待ちかねたがや。おまんたちの弓鉄砲さえあれば万人力だがね。もうこの信州に怖い物はねェ。ハハハ」

と、小諸城内の書院で大久保忠世が相好を崩した。

「松平善四郎、植田茂兵衛の両名、七郎右衛門《しちろうえもん》様に寄騎すべく浜松よりまかり越しましてございます。以後宜しゅうお願い申し上げ……」

甲冑姿のままの善四郎が畳に両の拳を突き、着任の口上を述べ終わる前に、忠世が口をはさんできた。

「あ、善四郎様……大変に申し訳ないのだがな。七郎右衛門はいかん。信州では是非、惣奉行《そうぶぎょう》様とお呼びいただきたい」

「そ、惣奉行様？」

「左様、拙者の役職にござる」

忠世は団栗眼を剝き、背筋を伸ばし、ニヤリと笑った。

「……なるほど。では、惣奉行様」

と、善四郎はちらと茂兵衛を窺い見た後、忠世に若干強張《こわば》った笑顔を返し、頭を下げた。

自分の呼び方を寄騎に指図するのは異例なことだ。寄騎は主人からの借り物であって、決して家来ではないのだから。そこには自ずと、礼儀や遠慮があってしかるべしなのだ。例えば、彦左や左馬之助や辰蔵は茂兵衛の寄騎だが、もし茂兵衛が彼らを家来扱いしたら、三人とも黙っていないだろう。反論するだろうし、臍《へそ》も曲げるだろう。

場の空気を察し、忠世は言い訳を始めた。

「や、なにを七郎右衛門が偉そうに……と滑稽に思われるやも知れんが、東信濃の国衆を束ねるのも楽ではねェ。なにせ信州は『人より猿の数が多い土地柄』にござるからのう、アハハハハ」

（人より猿が多い土地柄だと、どうだと言うのだ？　七郎右衛門様、少し変ではねェのか？）

「な、なるほど」

と、無理に笑顔を見せる善四郎も、茂兵衛と同じように感じたものと見える。居たたまれないような気まずい沈黙が書院に流れた。そこで、茂兵衛が話を引き継いだ。

「惣奉行様……」

と、一応呼びかけた。

納得できていない部分もあるが、わざわざ反抗するまでもあるまい。「そう呼べ」と言うのだから「そう呼ぶ」ことにした。

「なにせ六十里（約二百四十キロ）を旅して参った直後にござる」

と、茂兵衛は無精髭が伸び放題の頬や顎を撫でた。

「それがしも義弟《おとうと》も疲れておりますれば、本日は宿に下がらせていただき、また明日にでも改めて御挨拶に参上致したく思いまするが、如何でしょうか？」

「左様か、さぞやお疲れであろうな。では、そのようになされよ。茂兵衛、後は頼んだぞ」

惣奉行は茂兵衛に目配せした後、そそくさと席を立ち、書院を後にした。

「義兄《あにじゃ》、なんだあれは？」

忠世の姿が見えなくなると、善四郎は皮肉な笑みを浮かべながら茂兵衛に向き直った。見る限り、善四郎が怒っている様子はない。むしろ、呆れている感じか。茂兵衛もそこは同感だ。

「若干、面食らいましたなァ」

「あの団栗眼、まさか東信濃の大名にでもなった気分でおるのではあるまいな」

「まさか、そこまで」

「末の末とは言え、松平一門の拙者に対して『信州惣奉行様と呼べ』か……驚いた。ことと次第によっては、殿に手紙を書き、一部始終をお伝えすることになるやも知れん」

「そう、ことを荒立てずとも……」

忠世が信州惣奉行であることも、善四郎と茂兵衛が彼の寄騎であり、彼が二人の上役であることも、紛れもない事実なのだ。多少偉ぶった印象がなくもないが、上役のことを悪しざまに報告する下僚――そんな善四郎を、家康はどう見るだろうか。むしろ義弟の損になりかねない。

「大久保党には、治右衛門《じえもん》（忠佐）様、新十郎《しんじゅうろう》（忠隣）様など懇意にさせていただいておる方もおります。どんな事情があるのか？　ないのか？　それとのう当たってみますゆえ、今しばらく、殿への手紙は御辛抱くだされ」

「分かった。義兄《あにじゃ》に任せよう。拙者も敢えて上役と揉めたくはねェわ」

と、善四郎が大人の顔で笑った。

忠世の居室から宿舎へ戻ると、鹿丸が茂兵衛に面会を求めていた。

「え、もう帰るのか？　幾日か骨休めしてからでもええではねェか」

雨と泥濘の中で、鹿丸も十一日間を一緒に歩いたのだ。復路は一人旅だから日数は少なくて済むのだろうが、また六十里（約二百四十キロ）を歩かねばならない。数日小諸に滞在し、体力の回復を待ってから旅立つべきだと説得した。

「や、どうにもこの地は鬼門で、居心地が悪うていけませぬ」

と、声を潜めたので、茂兵衛も小声で応じた。身長差があるので少し猫背にもなった。

「おまんが朋輩を殺《あや》めたのは真田の松尾城《まつおじょう》だら……小諸とは五里（約二十キロ）も離れとるがや」

「や、その殺した相手が、小諸の産でして」

「……あ、そう」

――ならば仕方がない。どこでバッタリ、相手の親類縁者に遭遇しないとも限らない。居心地が悪いのも道理だ。

茂兵衛は鹿丸への謝礼に、多めの粒金を与えた。

「こんなに沢山頂いたから、内緒の話をお聞かせしましょう」

と、鹿丸がさらに声を絞って顔を寄せた。

「佐久や小県《ちいさがた》の国衆はどれも曲者《くせもの》揃いだが、中でも真田様には御用心なさって下さい」

真田様――真田安房守昌幸《あわのかみまさゆき》のことである。

「お前《め》ェの元の主人ではねェか」

「へい。信玄公仕込みの策士でさァ。滅法知恵の回るお方です」

「ほう」

「小さな嘘や裏切りは一切なし。忠義の心もおありになる。大層信用のおけるお方です。ただ……」

「ただ？」

「真田家と御自分の利害がからむとガラッと人が変わる。嘘、裏切り、騙し、ハッタリ……なんでもアリにおなりです。恥も名誉も外聞も関係ねェ。冷徹に利を摑みにきます。怖いお方ですよ。ああいうのを、真の悪党って言うんでしょうな」

「へえ……かたじけない。よう覚えとくわ」

真田昌幸の名を初めて聞いたのは昨年、伊賀越えから生還した日の午後だ。場所は確か、岡崎城の家康の居室であったと思う。

あの信玄をして「昌幸は我が眼ぞ」と言わしめたほどの人物と聞いた。

その後も幾度か、真田昌幸の名が出たが、どれもこれも彼の有能さを褒め称える言葉ばかりで、真田の元家来から聞いた「真の悪党」との人物評は、茂兵衛にとって大層参考になった。

七

ここしばらくの間、茂兵衛隊の活動の中心は小諸城となる。塒《ねぐら》である足軽小屋の手配などは左馬之助以下に任せ、茂兵衛は筆頭寄騎の彦左一人を連れ、北の丸にある大久保忠佐の宿舎へ着陣の挨拶に向かった。言うまでもなく彦左は忠佐の異母弟である。兄弟を久しぶりに対面させようとの親心がなくもないが、実のところ彦左の同道は、忠佐を訪ねる口実に過ぎない。かねてより昵懇の忠佐に、忠世を含めた小諸城の現況について、情報を得たかったのだ。

彦左と並んで城内を歩き、武人の目で小諸城を検分した。

太古よりの浅間山の噴火で、分厚い堆積層が形成されており、その硬いが脆い土壌を千曲川やそれに流入する小河川が削り穿ち、垂直に切り立った崖となしている。

「高さは六間（約十一メートル）が精々だろうがよォ。こりゃ、上り難《にく》いわ」

「まるで、天然の切岸《きりぎし》ですなァ」

と、彦左が崖の下を流れる千曲川の支流を覗き込んだ。ちなみに、切岸とは城の防御施設の一つである。土塁の斜面を掘削して作る垂直な崖だ。

そういう「小規模な渓谷」のようなものが、城内を幾筋も貫流して千曲川に流れ込んでおり、どれもが自然の要害となっていた。

「ま、堅城と言えるのかな？」

「ただお頭、御覧になって下さい。城下町が城より上にありますぜ」

「あ、本当だ。あれでは城下町ではなく、城上町《じょうじょうまち》だがや」

「あ、お頭、うまい」

「たァけ。ちょうらかすな」

北の浅間山側に広がる集落が、完全に城内を見下ろしている。

「あそこに大筒でも据えられた日には、城兵は生きた心地がしねェぞ」

深い堀切で侵入路こそ防いであるが、攻め手側から城内が見通せるのは如何なものだろうか。この城が「穴城」と揶揄《やゆ》、嘲笑された所以である。

「ほうかい。善四郎様に『惣奉行様と呼べ』は酷ェなァ。兄貴らしくもねェ」

そう言って笑い、大久保忠佐は土器《かわらけ》の酒を豪快に干した。

本丸と連結した北の丸にある忠佐の宿所は、かつての城主、依田信蕃の嫡子である源十郎《げんじゅうろう》が住んでいた屋敷であるそうな。

「善四郎様も今年で二十七におなりですから、そこは苦笑しただけで辛抱しておられたが、十年前なら怒鳴り返していたとこですわ」

「ほうだのう。下役とはいえ、御一門衆だからのう」

「兄上は昔から、そういう横柄なところがございました。ああせえ、こおせえと人を型にはめたがるんだ」

と、彦左が言ってから、ふと忠佐を見た。

「や、兄者のことではねェですよ。七郎右衛門兄貴の話です」

「たァけ。分かっとるわい。いちいち大仰に説明するな。話の筋から間違いようがねェわ」

弟の言わずもがなの言い訳に、忠佐はさも嫌そうな顔をした。

「では治右衛門様も、七郎右衛門様のことを惣奉行様とお呼びしているのですか？」

「ほうだら。仕方なくそう呼んどるがね」

「惣奉行様か……」

彦左がニヤニヤと皮肉な笑顔を浮かべた。

「思うに、兄貴は話の順番を間違えたんだわ」

忠佐が話の総括にかかった。上役の批評にもなりかねない話題だ。長くダラダラと続けるべきではなかろう。

「七郎右衛門と呼びかけられて『それは駄目』と言い返したのが、そもそもの間違いよ」

忠佐によれば、東信濃の国衆たちは一応、徳川に起請文を差し入れ、忠誠を誓ってはいるものの、それはあくまでも建前に過ぎない。北条と徳川が和睦《わぼく》してしまった以上、周囲に頼るべき勢力は徳川しかいないから、仕方なく恭順しているだけなのだ。北条と徳川が手切れになるとか、越後の上杉が実力をつけてくるとか、無謀にも家康が秀吉と敵対するとか——もしそうなれば、いつでも彼らは起請文を反故《ほご》にしかねない。東信濃の情勢は一気に流動化するのである。

「兄貴はまず、善四郎様にその旨を説くべきであったのよ」

「ま、その手の話も少しは伺いました」

「少しではいけねェ。詳細に説かねば駄目だ」

その上で、難しい東信濃衆を統《す》べていくには、多少の権威付けが必要である旨を説明し、遠慮がちにおずおずと「惣奉行様と呼んで欲しい」と照れ笑いでもしながら伝えれば「角は立たなかったはず」と忠佐は結んだ。

ま、茂兵衛にも異論はなかった。その通りだと思うし「問題視するほどのことではない」と善四郎にも伝えるつもりだ。

ただ、この寄騎と寄親の関係性、距離感のようなものが、この先、徳川家の広大な領国の運営に、影を落とすことになっていく恐れもある。距離感が遠いと、仕事が円滑に進まぬし、近過ぎると、徳川家内に派閥が分立する事態になってしまう。

（ま、俺としては当面、七郎右衛門様との距離感に気を配ることが肝要だろうなァ）

上役と下役――近過ぎても、遠過ぎてもいけない。

第二章　表裏比興《ひようりひきよう》之者

一

　盟友柴田勝家《しばたかついえ》亡き後も、伊勢《いせ》の長島城《ながしまじよう》に籠り抵抗を続けていた滝川一益《たきがわかずます》が秀吉に膝を屈し、降伏開城した。

　山崎《やまざき》の戦い、清洲《きよす》会議からほぼ一年、勝家の死から三ヶ月――羽柴《はしば》秀吉、鮮やかな権力奪取と言える。

　これで織田家内に、表立って秀吉に歯向かう勢力はなくなった。名目上の当主である三法師《さんぼうし》とともに、後見人として織田信雄《のぶかつ》が安土城《あづちじよう》に頑張ってはいるが、焼け跡に住む信雄や三法師を主君と崇める者は、誰一人としていなかった。秀吉こそが唯一無二、信長の後継者であり、織田家の主人なのだ。

ただ、そうなると尻に火が点く人物が一人——徳川家康である。

見回せば、秀吉を脅かす存在は、彼しかいなくなっている。小田原《おだわら》の北条は大国だがすでに老いた。上杉は力不足。毛利、島津《しまづ》、長宗我部《ちようそかべ》、伊達《だて》、いずれも地方政権にしか過ぎない。

現在、もし秀吉が警戒する者があるとすれば、それは家康なのだ。

「そう思えばよォ、背筋が凍るわ」

蟬時雨《せみしぐれ》の中、茂兵衛は雷の鞍上《あんじよう》で、傍らに轡《くつわ》を並べる辰蔵に零した。

本日は、小諸城《こもろじよう》の周囲を辰蔵と二人で検分して回っている。敵襲があった場合、周囲の地形や土壌や植生など、様々な知識が戦《いくさ》の勝敗を分けるものだ。足軽大将たる者、小諸城とその周辺のすべてに通じておかねばなるまい。

「殿様の目算では、もう少し柴田と秀吉の跡目争いが長引くはずだったのだろうな。双方が戦いに疲れてボロボロになれば、御自分が五ヶ国の太守として、また信長時代からの同盟者として調停に乗り出し『漁夫の利を得られる』と算盤《そろばん》を弾いておられたのよ、俺ァそう思うね」

「まあな」

辰蔵が頷いた。辰蔵は茂兵衛の配下だが、同時に古くからの朋輩《ほうばい》であり、義弟でもある。二人きりの場所で敬語は使わないし、礼も軽い。今日は轡取りの従僕がそれぞれいるだけだから、事実上、二人きりと変わらない。

辰蔵がなにか話し出すかと待ったのだが、黙りこくってしまったので、仕方なく茂兵衛が話を続けた。

「でもよ、幾ら手前《てめ》ェの読みが外れたからって、殿様がどちらにもいい顔をし、中立の立場を取るのはいただけねェ。秀吉の目から見れば、敵対行為にも等しい危うい振る舞いだがね、違うか？」

「違わねェな」

今日の辰蔵はいやに無口だ。機嫌か体調が悪いのかも知れない。

「殿様としては、ここは早目に、敵意のないことを秀吉に伝えないと己が身が危ねェ。中途半端な態度を取り続けていると、次の標的にされかねねェ」

しかし、家康がまずやったことは、秀吉への恭順などではなかった。八月には昨年の和睦《わぼく》条件に従い、北条氏直に次女の督姫を嫁がせた。北条家当主は家康の娘婿ということになったのだ。

同時に家康は、新版図となった三ヶ国——駿河《するが》、信濃《しなの》、甲斐《かい》の懐柔に勤《いそ》しんだ。武田の遺臣たちを大量に召し抱え、一括して井伊直政《いいなおまさ》に託した。井伊隊の甲《かっ》胄《ちゅう》を朱色に統一させ、山縣昌景《やまがたまさかげ》を模した「赤備え」とし、彼らの自尊心をくすぐった。

さらに昨年の浅間山《あさまやま》の噴火と今年の大雨により疲弊《ひへい》した農村には、あの吝嗇《りんしょく》で名《な》を馳《は》せる家康が、躊躇《ためら》いもなく資金を投入したのだ。

「や、だから百歩譲ってそこまではええよ。でも、その後はちゃんとやるべきことをやらなきゃ」

「やるべきことってなんだ?」

ぶっきら棒に辰蔵が質《ただ》した。

「それァ、おまん、あれだがや……」

後顧《こうこ》の憂《うれ》いを断ち、新領地に善政を敷き、もって自らの足腰を強化した後は、秀吉に好《よしみ》を通じ、礼を尽くさねばならないはずだ。下手をすると、折角《せっかく》の善政も「秀吉と戦う体力を蓄えるため」と勘繰られかねない。

「なのに殿様ァ、秀吉に対し、あやふやでおざなりな態度を取り続けとる」

次席家老の石川数正《いしかわかずまさ》を秀吉の元に送った程度で、それ以上のことはなにもしない。反目にも回らぬし、恭順もしない。只々《ただただ》黙って、己が領地の経営に励んでいる。

「実に不可解で、かつ危うい行動だがね、違うか？」

「よく分からねェ」

辰蔵、明らかに気分を害している。茂兵衛はしばらく黙っていることにした。

勿論、家康の行動には、それなりの理由があった。

徳川家臣団の中で、秀吉がすこぶる不人気だったからである。

ま、それはそうだろう。

織田徳川の同盟は、信長と家康の紐帯《ちゅうたい》、私的な信頼関係が基礎となっていた。

その織田家を百姓あがりの秀吉が簒奪《さんだつ》し、信長の三男である三七郎信孝《さんしちろうのぶたか》を死に追いやっても、天下人気どりで涼しい顔をしている。

今時の三河《みかわ》衆は、数人が寄ればかならず——

「右大臣家もお労《いたわ》しい。人がましくしてやった猿に領国を奪われてよォ」

「ほうだら。倅《せがれ》まで殺されたがね。あの世で臍《ほぞ》を噛《か》んでおられるに相違ないわ」

「まったく百姓あがりは始末に悪い。うちにも一人似たような出自の物頭《ものがしら》がおるが、奴らはそもそも義のなんたるかを知らん」

——のような話になる。秀吉を「悪辣なる簒奪者」と見て嫌悪しているのだ。

（ふん、なにが右大臣家だァ。三河者は、信長のことを「信長、信長」と呼び捨

てにして、毛嫌いしとったのではねェか)

「俺は信長ァ嫌いだわ。なんなら、秀吉も大嫌いだァ」

そう言って、急に辰蔵が手綱を引き、馬を止めた。

「や、別に、辰のことをどうこう言ってるわけじゃねェよ」

茂兵衛も慌てて雷を止め、義弟を宥《なだ》めた。

「じゃ、逆に訊くわ。茂兵衛、おまんは信長が好きか? 秀吉が好きか?」

「好きとか嫌いとか、女子供じゃあるめェし……」

辰蔵は、黙って茂兵衛を見ている。

「ま、好きじゃねェよ。でも、それとこれとは違う」

「おまんが言いたいのは、秀吉も信長も虫は好かねェが、二人とも滅法喧嘩が強いってことだろ?」

「ほうだ。そこだがや」

秀吉は、自分以外の侍大将四人のうち、三人までを自力で倒した。運やまぐれで織田家を掠め取ったわけではないのだ。秀吉は強いのだ。

柴田勝家、明智光秀《あけちみつひで》、滝川一益は次々と秀吉に戦いを挑み呆気なく倒された。

賢い丹羽長秀《にわながひで》は、自分が寄騎を務めた信孝が殺されてもなお、風を読み、従容《しょうよう》として秀吉に靡《なび》いている。

「丹羽長秀がええ見本だがね。長いものには巻かれろってな」

秀吉は、信長が築き上げた帝国をすべて手に入れたのだ。秀吉と戦うということは、戦力的には信長時代の織田家と戦うにも等しい。

「勝てるわけがねェわ。人の数も鉄砲の数も違う。俺にでも分かるこんな簡単な理屈が、抜け目のねェ家康公に分からねェはずはねェのに……一体全体、どうなってんだ、って話だわ」

「………」

辰蔵は考え込んでしまった。賢い男だ。考えればきっと茂兵衛に賛同してくれるだろう。ただ、今日のところはもう止めにしておいた方がいい。これ以上説得すると押し付けがましくなる。

「ん？」

と、ここで一つ思い当たり、背筋を冷や汗が伝わり落ちた。

（おいおいおい、殿様ァ時折、妙な御判断をされるからなァ）

家康に仕えて以降、茂兵衛の目から見て、主人が不可解な判断を下したことが二度あった。一度目は、優勢な武田勢に無理やり突っ込んだ三方《みかた》ヶ原戦《はらのいくさ》で、二度目が――言い出しっぺの信長も、そこまでは望まなかったろうに――自ら妻子を殺した信康の一件だ。

(両方とも根っこは同じだら。おそらく殿様ァ、御自分の判断よりも、家臣団の結束……有り体に言えば、家来たちの気分を優先させとるんだわ)

茂兵衛が足軽小頭《こがしら》として参戦した三方ヶ原戦では、遠江国《とおとうみのくに》を版図に組み入れたばかりで、動揺する遠江侍たちに「強い大将」をどうしても演じてみせる必要があった。

信康の一件では、信康派の岡崎《おかざき》衆と家康派の浜松《はままつ》衆との確執に起因する徳川分裂への危機感が、過剰な仕置きを選択させたと思われる。

(殿様の御心中も分からねェではねェが……明らかに「やり過ぎ」だら)

――翻って、今回はどうだろう。

秀吉を嫌悪する家中の声に配慮し過ぎて、秀吉への接近を躊躇《ちゅうちょ》しているとすれば、それは自殺行為にも等しい。

(だとしたらえれェこったァ。徳川家……なくなるぞ)

ただ、茂兵衛がこの考えを口にすることは厳に憚《はばか》られた。

大恩人である平八郎、義弟である善四郎、鉄砲隊を支えてくれている彦左や左馬之助――茂兵衛の周囲のすべての人物が、徹底した秀吉嫌いで占められているからだ。敏い辰蔵までもが、秀吉に頭を下げることには抵抗があるようなら他は推して知るべしだ。

茂兵衛が一言「名より実を取り、秀吉の軍門に下るべし」と口にしたら最後、自分の人間関係はかなり気まずいものになるだろう。

（周りから孤立しても、嫌われても、主家のために苦言を呈するのが臣下の役目だとは思うが……生憎《あいにく》と俺ァ、そこまで殿様や徳川に義理や愛着を感じちゃいねェ。ここは黙っておこう。なにも先頭に立って、逆風を身に受けることたァねェわ。ふん、俺ァ侍失格だな）

二人の子供を授かって以来、茂兵衛は周囲の目を気にするようになった。そして今回も、周囲との軋轢《あつれき》回避のために本音を隠そうとしている。そんな自分に、家中の気分を優先させるあまり、強大な秀吉と対峙せざるを得なくなりつつある家康が重なって見えた。

（俺と殿様ァ、同類だら）

――だとすれば。

茂兵衛が、周囲の風さえ変われば、迷わず秀吉に臣従する側に立つのと同様に、家康もまた、家中の雰囲気が少しでも変われば、急転直下で秀吉との融和路線に切り替えようと考えているのかも知れない。

（ほうだら。殿様は機を見ておられるのに相違ないわ。家来衆の和合に気を遣い過ぎて、家が滅びたら本末転倒だからなァ）

そう考えると、少しだけ憂鬱の気が晴れた。北方を眺めれば、浅間山の頂上から巨大な噴煙が夏空に向かい、静かに立ち上っている。辰蔵に声をかけ、城に戻るべく馬首を巡らせた。

二

大久保忠世は、佐久《さく》、小県《ちいさがた》など千曲川《ちくまがわ》沿いの東信濃を任されている。せり出した山裾に隔てられた流域のわずかな平地や盆地ごとに、依田家や真田家などの中小の国衆《くにしゅう》が盤踞《ばんきょ》しており、彼らの多くは徳川に起請文を差し出し、臣従していた。忠世は徳川家の信州惣奉行《しんしゅうそうぶぎょう》として彼らを束ね、彼らの上に乗って任地を経営している。忠世は茂兵衛と善四郎に「各国衆たちの人物像、地縁血縁関係」を頭に叩き込むよう厳しく求めた。別《わ》けても、最重要人物は真田昌幸だという。

（ほう、あっちでもこっちでも、よう出る名だな。鹿丸はゆうとった。有能だが、真の悪党だそうな）

茂兵衛は、心中で真田昌幸の名を反芻した。

この日茂兵衛は、忠世の自室に善四郎とともに呼ばれ、昼から酒肴を振る舞われている。おそらくは忠佐あたりが注進し、先日のギクシャクした会見を取り繕うための宴《うたげ》と思われた。ま、仲直りの酒席である。

忠世によれば、真田喜兵衛《きへえ》こと真田昌幸は茂兵衛と同じ天文《てんもん》十六年（一五四七）の生まれだという。

「真田喜兵衛の正体は、狐狸妖怪の類《たぐい》よ。上も下も、周辺の者を手玉に取るのが実に上手い」

天正《てんしょう》十年（一五八二）の武田家滅亡に際して、昌幸は勝頼を守ると見せて、裏では信長と連絡をとっていた。戦後は滝川一益の寄騎となり、本能寺《ほんのうじ》後は上杉に仕えたり、北条に寝返ったり――最終的に甲斐と信濃を徳川が押さえると、家康に起請文を差し出して臣従した。

「なかなか難しそうな御仁ですな」

善四郎が呆れ顔で応じた。

「難しいと言えば難しいのだが……ま、根っ子は単純でな。要は損得勘定よ。利で釣れば一発じゃ」

「一発……」

善四郎と茂兵衛が同時に吹き出した。

「ほうだら。必ず強い方につく。自分が得する方に味方する。ここ佐久、小県界隈《わい》では『表裏比興之者』と呼ばれとるわ」

「ひょうりひきょうのもの？　なんですか、それは？」

善四郎が訊いた。

「ま、調子がよく、信用が置けねェ悪党……そんな意味かのう」

忠世が冷笑しながら答え、グイと盃《さかずき》を干した。

「えらい言われようですな」

「それでも遠慮した呼び名よ。奴の本質はもっと悪どい。喜兵衛から虚仮《こけ》にされた北条や上杉は、奴を蛇蝎《だかつ》の如くに嫌っておるわ」

大国の主《あるじ》には面子《めんつ》もある。彼らを手玉に取れば、ま、盛大に嫌われるだろう。

昨年の天正壬午《じんご》の乱において、七里岩《しちりいわ》台地上で徳川と北条が睨み合いを続けていた頃。昌幸は、依田信蕃の説得に応じて北条方から徳川方へと寝返っている。

「寝返りましたか」

「寝返ったな。大体九月二十日前後のことじゃ。二ヶ月前の七月には、上杉から北条へと寝返っておる」

「あ、そうか……なるほど」

ここで善四郎が、ハタと膝を打った。

「確か、黒駒《くろこま》合戦は八月十二日でしたな」

「御明察。ま、喜兵衛の奴、黒駒の頃から北条を見限り、徳川につく腹を固めておったのではねェかな？」

「ふん、高遠《たかとお》の保科正直めと同類か……節操のない匹夫《ひっぷ》らめ！」

苦々しげに善四郎が吐き捨てた。

寝返った昌幸は早速、兵糧難に苦しむ依田信蕃の三沢小屋《みさわごや》（山城）に米味噌を運び込んだ。また、上野《こうずけ》からの補給路を攻撃破壊することで、甲斐からの北条の撤退を早めた。これは徳川から見れば、赫々《かくかく》たる武勲である。

（その頃、俺ァ、穴山《あなやま》衆とともに菅沼城《すがぬまじょう》におったなァ）

茂兵衛は心中で懐かしく思い出した。

菅沼城は富士川《ふじかわ》西岸、穴山氏館の北に、岡部正綱《おかべまさつな》率いる穴山衆が、急遽築いた平山城《ひらやまじろ》である。前線からは遠く、いわば後詰の城だ。茂兵衛の鉄砲隊と穴山衆は緒戦で働きづめだったので、対北条戦では骨休めを兼ねて、後方の守りに徹していたのだ。そんな事情で、真田昌幸の活躍などは話で聞いていた程度である。

現在の昌幸は、上杉勢の南下に備えて、上田《うえだ》盆地の北部に平城を築いているそうな。

「それがよォ。たァけた話でな……」

忠世が眉を顰《ひそ》め、身を乗り出した。

「真田が築く真田の城……なぜか銭だけは徳川が出しとる」

「はあ？」

茂兵衛は耳を疑い、盃を膳に置いた。

自分の城なら、自分の財布で建てるべきだ。そのために主である家康は、家臣である真田の領地を安堵したのではないか。これが武士の誕生から五、六百年間、連綿と続く「御恩と御奉公」の主従関係であるはずだ。

しばしの沈黙が流れた。

「でも、どうしてまた真田の城を徳川の銭で建てておるのですか？」

茂兵衛が訊ねた。

「依田信蕃の所為《せい》じゃ」

「依田殿の？」

「ワシは人望のある依田の伝手《つて》に頼ることで、千曲川沿いの国衆たちとの紐帯を深める心づもりでおったのよ」

忠世が団栗眼《どんぐりまなこ》を瞬《しばたた》かせた。

依田は、同じ東信濃の国衆ながら、昌幸とは正反対の男だ。最後まで愚直なまでに武田家への忠誠を尽くした。遠江の二俣《ふたまた》城主、駿河の田中《たなか》城主として常に最前線で織田徳川の大軍勢に徹底抗戦、持ち場を守り抜いた男だ。

その奮闘の所為で、武田滅亡後は織田家の厳しい追及を受けたが、旧敵の家康が逆にこれを匿《かくま》い、虎口を脱した経緯がある。

「殿に、依田を匿うよう進言したのはこのワシよ」

忠世が自慢げに己が胸を指した。

「依田が籠る二俣城を攻めた頃から、この仁だけは『信用に値する』とワシは見抜いとった」

只でさえ義に篤い依田が、信長から守ってくれた家康に忠誠を誓ったのは当然で、地元の仲間である佐久、小県の国衆たちに徳川への臣従を真摯に説いて回った。そこは家康も心得たもので、彼との信頼関係がある大久保忠世を東信濃に派遣し、依田と連携を取らせたのだ。

その依田が急死したことで、忠世としては、人望こそないが戦略眼があり不思議な求心力を持つ真田昌幸に、信濃国衆たちとの橋渡しを頼まざるを得なくなった次第だ。

「喜兵衛の奴、ワシの足元を見よってなァ。『上田に城を築きたい』と言い出しおったのよ」

確かに、上杉の南下を食い止めるのに、上田の地に城を設けるのは妙手と言えた。上杉は上田の北半里（約二キロ）にある虚空蔵山《こくぞうやま》、太郎山《たろうやま》、東太郎山の山頂に堅固な砦を幾つも築き、隙あらば、上田を経て千曲川沿いに小諸、佐久へと勢力を広げる意図をもっている。その入口である上田の守りを固めるのは、徳川にとっても悪い話ではない。ただ、その城は真田家に帰属するという。

「や、それはおかしいのではねェか？」

忠世は、その場で昌幸に対し疑問を呈したという。

「城は徳川が銭を出し、徳川で築く、徳川の城じゃ。城番を真田家に任せることはあっても、その持ち主は、あくまでも銭を出した我々ではねェのか？」

と、忠世は言い返した。まったくの正論と言えよう。すると昌幸は「ああ、左様にございまするか」と横柄な態度で呟《つぶや》いたきり、横を向き、押し黙ってしまったという。

翌日には、小県の中小国衆たちの間に動揺が広がり、翌々日には虚空蔵山城の上杉勢が南下の気配を見せ始めた。

忠世の手勢は二千人に満たない。上杉が南下してきた場合、地元国衆たちの兵力が頼りなのだ。たまらず忠世は、弟の大久保忠佐を使者として真田の松尾《まつお》城《じょう》へと送り、上田城築城の資金提供を約束したのである。

「こら茂兵衛、笑うところではねェわ」

怖い団栗眼で睨まれたが、茂兵衛は一切笑っていない。吹き出したのは善四郎である。さすがの忠世も、御一門衆の善四郎を怒鳴りつけるのは遠慮があったのだろう。さしずめ、茂兵衛は当て馬である。

「お奉行、してやられましたな」

善四郎がさも愉快そうに笑った。

「あの男と語らっておると、武将とではなく、まるで商人と銭の交渉をしている気分になるわ」

「なるほど……ただ」

と、茂兵衛が話に割って入った。

「もし徳川が東信濃を諦め、甲府《こうふ》にでも兵を退いたら、一度上杉を裏切っているだけに、真田昌幸は窮地に陥るのでは？」

「ほうだら。どの面《つら》下げて上杉景勝の前に出るのかって話だわ。普通はそう考えるわな」

でも、昌幸はそうは考えないらしい。だから普通ではないのだ。

「多分『上杉は自分を切らない』との強い確信があるのではねェかな」

上杉景勝は孤立無援である。お館《たて》の乱《らん》以来同盟関係にあった武田家は滅び、自分は北条家から養子に入った上杉景虎《かげとら》を殺した身だ。今は徳川と国境《くにざかい》を接して睨み合っており、仇敵信長薨去《こうきょ》を奇禍《きか》として、その後継者である秀吉に必死で秋波を送っているのが現状だ。その景勝が、依田信蕃の後を継いで東信濃の盟主となりつつある真田昌幸を邪険に扱うはずがない。昌幸はそう確信しており、そのことが徳川に対する不遜な態度にも表れている——そう忠世は結論づけた。

「でも、それは一か八かの賭けでもありますな」

善四郎が不快げに印象を述べた。

「上杉は、今後いつ裏切らんとも限らない真田昌幸など、いっそ殺したほうがええと考えるやも知れん」

善四郎の性格からいって、昌幸は生理的に合わない性質《たち》の男と思われた。

「勿論、手は幾つも打っておろうさ。武田家滅亡時を思い出されよ」

武田家滅亡の直前、最終局面の新府城《しんぷじょう》軍議にまで昌幸は参加していた。勝頼に岩櫃城《いわびつじょう》での籠城戦を勧めたが入れられず、勝頼は岩殿城《いわとのじょう》に向かった。その直後、昌幸は織田方に寝返り、なぜか歓迎され、さらになぜか滝川一益の寄騎に抜擢されたのだ。

「おまんらはよう知っておろう。武田の旧臣で、滅亡直前に寝返った者を信長は許さなかった。『見苦しい』と、ほとんどがコレよ」

と、忠世は手刀で己が首を叩いてみせた。

「なぜ、昌幸一人が許され、厚遇されたのかな？」

忠世は手酌で盃に酒を注ぎながら、忌々しげに昌幸を貶《けな》し始めた。

「奴は、前もって信長と好を通じておったとしか考えられんわな」

「真の悪党ですな」

茂兵衛は昵懇《じっこん》の猟師が呟いた言葉を使ってみた。
「ほうだら。奴ァ真の悪党よ。もし勝頼が昌幸の提言に従い岩櫃城に向かってい
たら、昌幸は勝頼を生きたまま信長に差し出した可能性がある」
そして盃を膳に置き、身を乗り出し、声を潜めた。
「ここだけの話だが……依田信蕃はな、後ろから撃たれたのよ。弾は背中から入
って胸に抜けておったわ」
「なんと」
ま、確かに、よくあることではある。鉄砲足軽の撃ち損じ、鉄砲の暴発——騎
馬で先頭に立つ大将には起こりがちな災難だ。
「おそらくは事故だろうさ……ただ茂兵衛、依田が死んで漁夫の利を得るのは誰
かな？」
人望のあった依田がいなくなれば、東信濃の小領主たちは、親を亡くした子羊
たちに等しい。たとえ表裏比興之者であっても、頼り甲斐のある昌幸を盟主と仰
ぐしか手はなくなったのではないか。
「つまり真田昌幸が、依田信蕃を？」
善四郎が小声で訊いた。

「証《あかし》はなに一つねェが……我らは心してかからねばならぬということよ。奴はそれぐらいなことは平然とやってのける真の悪党だわ」

三人の間に冷たい風が吹き、誰もが押し黙った。

「ああ、それからな、呼び方にだけは気をつけよ」

「はあ」

「喜兵衛も昌幸もいかん。天正八年（一五八〇）以来、奴ァ安房守《あわのかみ》を僭称《せんしよう》しとる。ちゃんと安房守と呼ばんと露骨にすねるぞ。ワシも面と向かっては『安房守殿』と呼んでおる」

「真田安房守様……間違わぬように致しまする」

茂兵衛が応えた。

「さらには、信玄の悪口も禁句じゃ」

「武田信玄ですか？」

「おう。喜兵衛は七歳にして信玄の近習に抜擢され、以来、信玄の薫陶《くんとう》を受けて育った。だから信玄のことを親とも師とも思い崇めとる。悪く言われると激高するんだわ」

「でも、それにしては、最後は武田を裏切り、織田方についたのでござろう？」

善四郎が質した。

「ま、だからその辺りが、真の悪党、表裏比興之者なわけでござるよ」

忠世がニヤリと笑った。

三

茂兵衛は視察を兼ね、普請中の上田城——南側を流れる千曲川の分流の名から尼《あま》ヶ淵城《ふちじょう》とも呼ばれる——に、真田昌幸を表敬訪問することになった。

「鉄砲大将として着任したのだ。挨拶ぐらいしておいた方がええのではねェか。毀誉褒貶《きよほうへん》の激しい御仁だが、今後は轡を並べてともに戦う仲だからのう」

と、忠世から勧められたのだ。

忠世は、善四郎を同道することに反対した。

「なぜ、拙者を除け者に？」

善四郎が不満げに口を尖らせた。

「善四郎様が一緒だと、喜兵衛の奴と諍《いさか》いを起こしかねんでしょうが。今、奴に臍《へそ》を曲げられては徳川が困る」

忠世が笑いながら答えた。

「拙者は今年二十七にござるぞ。ガキではあるまいし、喧嘩など致しません」

「でも、お嫌いでしょ？　真田昌幸のような男は」

「はい、それは大嫌いです」

「会いたくはないでしょ？」

「はい、会いたくありません」

帰趨《きすう》は決した。

「あ、茂兵衛、もう一つあるわ」

「承りまする」

「沼田《ぬまた》、岩櫃、名胡桃《なぐるみ》の話には一切乗るなよ」

「あの、上野国の城にございまするか？」

「ほうだら。沼田領の帰属については、少々行き違いがあってな」

沼田は、真田領の飛び地である。しかし、元々は上杉の家臣が治めていたし、北条も我が領地と主張している。真田が北条から徳川へ寝返った折の条件として、家康は沼田の安堵を挙げていた。しかし、徳川と北条が和睦し風向きが変わったのだ。家康は「沼田を北条に渡せ」と真田に迫っているが、昌幸には応じる気配がない。

「面倒だから触れるな。もし喜兵衛が、おまんに文句を言っても『それがしは、槍一筋の武辺にござれば分かりませぬ』で押し通せ」

「はい。ではそのように」

茂兵衛は、一介の足軽大将である。他に答えようもない。

小諸から上田までは、四里半（約十八キロ）ほど千曲川に沿って下る。

今も上杉とは緊張状態にあった。敵は上田近傍の山頂に砦を幾つも築き、徳川方の動きに目を光らせているそうな。上田の現場はいかほどの緊張状態にあるのか分からない。自領内の移動ではあるが、一応甲冑を着ていくことにした。

よい機会だから、新米寄騎の花井庄右衛門を同道した。道中、鉄砲の修練の進捗状況や今後の予定について、色々と話ができそうだ。他に植田家家臣の清水富士之介と依田伍助、仁吉以下従僕が三名、全員が戦支度の総勢七名で千曲川河畔を下った。

東信濃は標高が高く、幾分かは涼しい。かつ、昨今は冷夏が続いている。しかし、それでも季節は夏の盛りである。日の出前の寅《とら》の下刻（午前四時頃）に小諸城を発《た》ち、辰《たつ》の上刻（午前七時頃）には、遥か遠くに上田城の普請現場が見えるところまできた。

「お頭、もしやあれが上田城ではございませぬか？」

背後で花井が大声を上げた。

「うん、ま、そのようだな」

（たァけが、なにが「もしや」だ……誰が何処から見ても上田城だら）

と、内心では毒づきながらも花井に振り返り、優しい笑顔で頷いた。

花井のような男は、厳しく叱れば萎縮するだけだ。優しく接し、大事な仕事は一切任せず、機会を見てよその隊に押し付けてしまう——これぞ、頭《かしら》立《だ》つ者の心得である。

見れば花井は、母親から贈られた「よく目立つ色々威《いろいろおどし》の当世具足《とうせいぐそく》」を着用している。敵からは格好の標的だ。「さあ、俺を撃ってくれ」と言わんばかりだ。

（もしや母御は、こいつが弾を受けて討死するように、わざとこんなに目立つ甲冑を贈ったのではねェか……まさか、出来のいい弟がいるとかな）

「おい、花井」

馬上で振り返り、声をかけた。

お頭から声をかけられたのが、よほど嬉しかったのだろう。満面の笑みで花井が応えた。

「おまん、弟でもおるのか?」

「はい、一人おります」

「な……」

できれば「いない」と言って欲しかった。

「拙者の弟が、どうかしましたか?」

「その弟は、まさか……出来がええのか?」

「はい、拙者とは比べられぬほどの才人にございまする。槍の腕も相当で、しかもなかなかの美丈夫……自慢の弟にございまする」

色々威を着た兄が、晴れやかに答えた。

「あ、そう」

(訊くんじゃなかった……なんか、こう、切ないわ)

実際に腹を痛めた母親が、そんな無慈悲なことを企むはずもないが、それを疑わせるほどに花井は愚かで、頼り甲斐がなかった。

「あ、はいッ」

（今度戦でもあったら、背格好の合う敵を見つけて討ち取り、具足を剝《は》ぎ取って花井にやろう。あれじゃ、命が幾つあっても足りねェわ）

茂兵衛は心優しい男だから、部下の不幸を見ていられないのだ。もっとも、茂兵衛に殺され、甲冑を剝ぎ取られる敵の不幸については、この心優しい男は、一切考えないことにしている。深刻に考えると槍先が鈍りかねない。

人も馬も大汗をかいているが、陽射しはまださほどでなく、倒れ込むほどの暑さではない。涼しいうちに目的地に辿り着くことが肝要だ。蟬たちが鳴き交わす中をさらに西へと急いだ。

（はたしてどんな城か……真田昌幸は、信玄の薫陶を受けたと聞いた。武田流の築城術を駆使した城ってことになるのかな）

武田流築城術の特徴を一言でいえば「攻撃型の城」ということになる。

城門のすぐ前に出曲輪《でぐるわ》を設え、かつ虎口《こぐち》は比較的真っ直ぐで、死角をなくすことで射易く造られていた。また、出曲輪自体を半円形状に造り、出撃陣地としての機能を与えていた。丸馬出《まるうまだし》と呼んだりもする。

そもそも、古い築城思想では、城とは「立て籠り、只管《ひたすら》防御するための施設」であった。山城の類が典型で、確かに寄せ手としては攻め難《にく》いが、反対に城兵が打って出て戦うのも困難だ。その常識を転換し「寄せ手に隙があれば、押し出して攻撃する危険な城」を目指したところに、武田流の新しさはあった。

「お頭」

「ん？」

花井が馬を進め、轡を並べて声をかけてきた。

「真田安房守様は、稀代の戦略家と伺います。上田城は、どのような城でしょうか。見るのが今から楽しみです。ワクワク致します」

「こら花井、浮かれるな。物見遊山ではねェぞ」

「あ、はい」

上役から叱られ、途端に顔色が青くなり、元気がなくなった。

（こらこら、やっぱり叱ると萎えちまうのか……この手の野郎には、なんぞ猿にでもできそうな役目を与え、そちらに気持ちを集中させた方がいいのかなァ）

「花井、おまんに一つ役目を与えよう」

「はッ。承りまする」

「今日一日、ま、日が暮れるまででええ……一切、笑うな」

「はあ？」

「はあ、ではねェ。なにがあっても笑うな。これは冗談ではねェぞ。胆力を鍛える修練である。もし笑ったら、俺ァおまんを鉄砲隊から放逐する」

「はッ」

緊張の面持ちで頷いた。

「絶対に笑うなよ」

「笑いません！」

「これは、俺からの命令だぞ？」

「はッ」

「こちょこちょこちょこちょ」

鞍上から腕を伸ばし、色々威の脇の下をくすぐってみた。

「ひッ」

「笑うなァ！」

「むう……」

茂兵衛の一喝に、花井は白目を剝《む》き、口を真一文字に結んで、かろうじて笑いをこらえた。

「こちょこちょこちょこちょ」

「い……」

茂兵衛の家来たちは皆、そっぽを向いている。花井がこらえる顔を見れば笑いがこみあげるので、見ないようにしているのだ。これでも花井は騎乗の身分、岡崎の名門の出だ。陪臣《ばいしん》の徒士《かち》や従僕風情が笑うのは非礼にあたる。

「こちょこちょこちょこちょ」

「む……うう……」

鉄砲の修練の進捗状況について、道すがら花井から話を聞くつもりだったのだが、もう上田城は間近だというのに、なに一つ話せていない。

辰の下刻（午前八時頃）、ようやく上田城に到着した。

門前で訪《おとな》いを入れる前に、まずはそれとなく城の外観を見て回ることにした。北に聳《そび》える山々は、想像以上に急峻だった。しかも比高が二百丈（約六百メートル）はありそうだ。千曲川流域の平地から急に壁のように屹立し、一気に頂上まで斜面が続いている。まさに険阻だ。

「尾根筋に沿って、点々と砦の柵のようなものが見えるな」

富士之介が手をかざし、遠望しながら傍らの伍助に呟いた。

「あんな山の頂上に幾つも砦を構えられたら、こちらとしては、よほど攻め難いですなァ」

と、伍助が応じた。

確かに指摘の通りで、攻城側は、砦にたどり着くまでに、斜面を上るだけで体力を消耗し尽くしてしまいそうである。

次に上田城そのものを検分した。

築城の普請現場を、山頂の敵砦から見下ろされている格好だ。昌幸は、まず城門や堀や土塁、堀切《ほりきり》などの防衛施設を完成させた。これで普請途中で上杉勢に急襲され、泡を食う不安はなくなった。居住施設、倉庫などは後回しである。城内のあちこちに資材が山積みにされていた。

籠城や攻城に精通する茂兵衛の目から見て、上田城はこと防御に関しては、堅実な縄張りと言えた。

南から攻めるのはまず無理だ。

千曲川の分流である尼ヶ淵が横たわり、その上は高さ五丈（約十五メートル）ほどの崖になっている。北には深い溜池があり、西と北を千曲川の支流である矢《や》出沢川《でさわがわ》が流れ、もって天然の総構えを形成していた。寄せ手が接近できるのは東側からだけだが、湿地があり、蛭沢川《ひるさわがわ》が流れ、それらを突っ切って細い道が一本通っているだけだ。なかなか攻めづらい。

一方で、楽しみにしていた武田流の築城術を用いた「新思想の城」との印象は薄かった。

丸馬出はおろか、出曲輪そのものがない。城の虎口は直角に折れ曲がり、寄せ手も侵入し難いが、城兵も押し出し難い古色蒼然たる代物だ。守備専一の凡庸な城である。城から打って出て、寄せ手と戦うことを想定した武田流新機軸の城とは言い難かった。

(ま、立地もあるんだろうな)

三方が崖と川で、唯一陸続きの東も湿地だ。ここで丸馬出から騎馬隊を出しても、あまり機動力は発揮できないだろう。

(それに、ここは徳川と上杉の国境の城だ。ここに籠る真田勢は、徳川の援軍がくるまで城を保てばいいわけで、端から「攻城側に反攻する」考えはねェのかも知れねェなァ……ん？)

ここで茂兵衛は、ある事実に思い当たり、面頬《めんぼお》を着けていない顔を、籠手を着けたままの掌《てのひら》でペロンと拭った。

（なにせ城主は表裏比興之者だ。真の悪党だ。下手をすると、徳川と上杉が入れ替わっているかも知れんわな）

真田昌幸、明日は上杉の先鋒としてこの城に籠っている可能性もある。

（つまりその場合、寄せ手は俺たちだがや）

「伍助、おまんならこの城、どう攻める？」

鼻の曲がった若い徒士武者に質した。この鼻のおかげで、茂兵衛は今もこうして生きていられる。

「まず付城を潰します。その後ァ、無理をしても西側の曲輪に押し入ります」

「あれは、小泉《こいずみ》曲輪とか言うらしい」

以前、小泉氏という土豪がこの地に屋敷を構えていた。その跡地を、西の曲輪として使っていると忠世から聞いた覚えがある。

「二の丸との間の空壕は大したこたァねェから、その小泉曲輪にさえ入れれば後はなんとでもなりましょう」

「ふん、なんとでもなる……か」

伍助を嫌っている富士之介が小声で呟き、唾を地面に吐いた。

「花井」

富士之介を厳しく睨みつけながら、今度は新米寄騎に質した。

「ははッ」

お頭から「今日一日笑うな」と厳命されている花井が、硬い表情で応えた。

「我らは小泉曲輪を経て二の丸に侵入した。さあ、次はどうする？」

「……………」

「間違ってもええ。思う通りにゆうてみりん」

「ほ、本丸は……配下を督励《とくれい》し、力攻めに致しまする」

工夫がないとは思ったが、彼なりに答えを導き出したところは、褒めてやらねばなるまい。

「では、万が一我らがこの城を攻める折には、その手順で参ろう。いずれにせよだ、この城を落とすには、寄せ手にもかなりの損害が出る。その辺の腹は、各自括っておけよ」

「はッ」

花井以下、六人の若者が一斉に頷いた。

そこそこに堅い城だとは思う。ただこの時、難攻不落とまでは考えなかった。

四

「安房守様のお役に立つべく、鉄砲隊を率いて浜松より馳せ参じました」

両の拳を床に突き、頭だけを深く垂れた。甲冑を着込んでいるので、平伏はできない。

真田昌幸は、眠たそうな目をした痩身《そうしん》小柄な人物だった。あまり風采のよい方ではない。悪く言えば、鼠《ねずみ》に似ている。

齢《よわい》は三十七――茂兵衛と同じ年の生まれである。忠世には「同年齢を売り込め」と勧められたが、茂兵衛は敢えて触れなかった。人によっては「それがどうした？」と機嫌を損ねかねないからだ。

「鉄砲大将か……で、隷下《れいか》の鉄砲は何挺にござるか？」

意外に朗々とした若々しい声だ。風貌から受ける印象より、覇気が感じられた。

鉄砲の装備数は、本来軍事機密であるが、一応真田は徳川麾下《きか》の有力国衆だ。ちゃんと答えねば礼を失することになろう。

「五十挺にございまする」

「ほお、五十とな……」

昌幸が口籠り、目を見張った。

長篠戦《ながしののいくさ》の頃、織田勢の鉄砲装備率は兵力の一割であった。一万人の軍勢なら鉄砲は千挺となる。三万の織田勢が三千挺を用意して武田との決戦に臨む――辻褄は合う。しかし、鉄砲好きの信長が率いた織田家が規格外なのであって、普通の大名家の鉄砲装備率はその半分――精々五分《ごぶ》程度であったようだ。

仮に、東信濃で一万石を食《は》む国衆を想定してみよう。

ざっくり二十五石あたり一人の軍役として、一万石なら四百人規模の軍勢を動員できるだろう。鉄砲装備率を五分で計算すれば二十挺、四分なら十六挺――その程度だったのだ。茂兵衛の鉄砲隊が五十挺を有すると聞いて、昌幸が驚いた所以《ゆえん》である。

ちなみに、小県の真田領は三万八千石だ。兵力は千五百人ほど。五分の鉄砲装備率とすれば、総保有数は七十余挺であったろう。

「これは心強い。植田殿とは懇意にしていただかねばなりませぬな。できれば喧嘩などしたくない、ハハハ」

鼠のような顔をくしゃくしゃにして笑った。妙に愛嬌がある。

（ふーん、表裏比興之者でも、冗談を言って笑うのかい）

大久保忠世の麾下には茂兵衛隊の他に、善四郎の弓隊も配属されたのだ。五十挺の斉射を食らわせた後、次弾装塡の合間は、速射が利く弓隊が繫ぐ——最強の組み合わせである。今後は忠世も、信州惣奉行として少しは大きな顔ができそうだ。

「植田殿は、かなりの偉丈夫にござるな」

昌幸が話題を変えた。

「艶々《つやつや》と顔色も申し分ない。御壮健そうでなにより。かつて患われたことなどないのではないか？」

「お陰様で……丈夫に産んでくれた父母に、感謝するのみにございます」

「お丈夫なのは、お若い頃から？」

（随分と、そこに拘るねェ）

「はい、若い時分から」

「ま、そういうものであろうな……」

と、頷きながら嘆息を漏らした。

「おい」

昌幸が、廊下に控える小姓に声をかけた。

「源三郎《げんざぶろう》と源二郎《げんじろう》をこれへ呼べ」

「ははッ」

小姓が下がると、昌幸は声を落とし、身を乗り出した。

「長男は生まれながらの病弱、次男は粗忽者《そこつもの》で怪我ばかりしておる……ワシの悩みの種よ。なまじ文武に筋のいい倅どもなだけに、大成してほしいが、如何《いかが》なものか、ハハハ」

そう寂しげに笑うと、昌幸は溜息混じりに視線を床に落とした。

茂兵衛は、どう返していいのか分からず、黙って頭《こうべ》を垂れることにした。

「植田殿は？　お子は？」

「娘と……娘が一人おりまする」

危うく「娘と倅」と言いかけてしまった。

木戸松之助は確かに自分の種だが、今は辰蔵とタキの倅だ。もし将来、茂兵衛が松之助を庇うことがあったとしても、親である辰蔵とタキを通し、密かに裏から援助すべきだ。それが茂兵衛の子を育ててくれている辰蔵夫婦へのせめてもの礼儀と思っている。

「娘御は、お幾つか？」

「この正月で二歳となり申した」

「二歳か……ま、無理か」

昌幸が掌で、己が月代《さかやき》の辺りをペチンと叩いた。

「すぐに参るが、次男の源二郎はもう十七……待てんなァ。そうか二歳かァ。や、残念無念」

（綾乃を倅の嫁に……そう考えとるのか？　本気かい？）

小県の真田領は三万八千石である。上野の沼田領を加えれば六万五千石にもなる。たとえ本気ではなくとも「娘を真田の次男の嫁に」と乞われて、不快になる父親はいまい。

「や、貴公の娘御なら、さぞ壮健な孫を産んでくれようと期待したのじゃが……二歳と十七歳では、ちと釣り合わんなァ」

「申し訳ございません」

大仰に頭を垂れた。

「ただ、娘御が二歳となれば……植田殿はお幾つになられる？」

「今年三十七。天文十六年（一五四七）の生まれにございまする」

「ほお、ではワシと同年齢か」

と、相好を崩した。

「御意ッ」

忠世が言った通り、むしろ同年齢は好感を持たれたようだ。

「武田と徳川で、似たような時代の空気を吸っておったことになるなァ」

「左様で」

「三方ヶ原には？」

グイと身を乗り出してきた。

「本多平八郎隊におりました。真っ先に蹴散らされ申した」

「我が方の先鋒は、小山田《おやまだ》隊であったかの……長篠は？」

さらに前のめりになる。

「酒井左衛門尉《さかいさえもんのじょう》の別動隊におりました」

「あの忌々しい鳶ヶ巣山《とびすやま》から駆け下ってきた連中か……貴公らが尻に食いついてこねば、勝頼公も織田徳川の馬防柵になど突っ込まずに済んだのじゃ。あのまま天王山《てんのうざん》から下りずに睨み合いを続ければ、武田も大怪我はせずに済んだはず。違いますかな？」

「畏れ入ります る」

「おい、誰ぞある？　倅どもはもうよい。それより酒と肴を持て」

　と、奥に呼びかけて後、茂兵衛に向き直った。

「さ、植田殿、ここまでは上杉の矢弾も飛んでは来ぬ。具足を脱がれよ。今宵は飲みましょうぞ。三方ヶ原や長篠で、三河衆が何をどう考えて戦っておられたのか、訊きたいことが山とござる、ハハハ」

「はッ」

　と、面を伏せながら考えた。

（こりゃ、大した人たらしだわ。グイグイ来よるがね）

　昔の合戦を語り合いたいのなら、別に茂兵衛でなくとも、今まで幾人もの徳川家家臣と話す機会はあったはずだ。

（誰にでも、こう言って近づくのではねェかな？）

　警戒はしたが、気分は決して悪くはなかった。会うなり健康を褒められ、娘を倅の嫁に乞われ、悩みを打ち明けられた――

（おいおいおいおい……俺、こいつのこと嫌いじゃねェわ）

茂兵衛は運ばれてくる膳の豪華さに目を見張った。命じられてすぐに準備できる料理ではない。

(調略されかかっとるがね……俺)

酒を飲む前から、酔ったように頭がボウッとしていた。

上田は盆地であり、月は篭《かご》ノ登山《とやま》、三方《さんぽう》ヶ峰《みね》、高峯山《たかみねやま》など、浅間山の西方に広がる巨大な山塊から上る。下弦の月が山の端に顔を出した頃——子《ね》の下刻(午前零時頃)辺りか。

茂兵衛は酔っていた。

酔ってはいかんと、自重していたつもりだが、相手の昌幸が飲むわ、飲むわ。つられて茂兵衛も飲み過ぎた。

人は酔うと、得てして自分を飾り立てたくなるものだ。そこは茂兵衛も同じである。しかし、この真田昌幸だけは少し違っていた。

自分語りも多いが、ほとんどは失敗談で笑いを取る。敵十人を倒した武勇伝よりも、十人の敵から命からがら逃げ回った話を聞く方が、人は楽しめるものだ。話が楽しいから、ついつい引き込まれ、自然に昌幸の忠誠心や誠実さ、真田勢の勇敢さなどを刷り込まれていく。そして、相手を持ち上げることも忘れない。

「や、もう、ワシを含めて真田家の男子は体が弱い。頑健な血筋から嫁を貰い、体質を改善せねば乱世では生きていけぬからのう。綾乃殿は二歳か……惜しいなァ。もう二、三歳負からんか？」

「ハハハ、負かりませんな」

「ただ、その体軀じゃ。どこぞに隠し子の五人や十人、おるのではないかな？ハハハ」

「や、あの……」

——この件だけは笑えない。

思わず視線を外し、また昌幸に目を戻すと——睨まれていた。やや俯《うつむ》き加減の上目遣い。三白眼とかいうやつで茂兵衛を睨んでいる。心底を見透かすような厳しい眼差しだ。

（糞ッ。俺に隠し子がおること……確《しか》と見抜かれたな。恐ろしい野郎だわ）

「ハハハ、よき哉《かな》。豪傑豪傑」

弾かれたように昌幸が哄笑《こうしよう》した。話題は昨今の天候不順へと移ろい、座は元の雰囲気に戻った。

「他ならぬ貴公から問われたので、お答え致すが……ここだけの話でござるぞ」

昌幸が念を押した。茂兵衛には唐突に聞こえていた。おそらくは酔いの所為だろうが、自分がなにを問うたのか記憶がない。最近、この手の失態が多い。

（年の所為かなァ）

と、茂兵衛は心中で嘆息を漏らした。

丑《うし》の上刻（午前一時頃）辺り——下弦の月はすでに山の端から大きく離れている。

「大国の主は、誰もが葛藤を抱えているものにござる」

昌幸が、厳《おご》そかに語り始めた。

（大国の主だと？　うちの殿様のことか？　おいおいおい、まさか俺、妙なこと口走ってねェだろうなァ）

少し不安になった。自慢ではないが、主人家康への不平不満ならゴマンと抱え込んでいる。その一端でも口にしていれば、まずいことになる。しかも相手は、表裏比興之者だ。酒の上とはいえ、茂兵衛の失言をどう悪用されるか知れたものではない。

「領土が広がり、所帯が大きくなるにつれ、家臣たちの顔色を窺わざるを得なくなる。『主の独断で』というわけにはいかなくなる。結果、家内の気分に左右され判断が狂う。乱世にあっては致命的じゃ。北条を見よ。四万で一万五千の徳川を遂に倒せんかったわ」

この例えは、昨年の「天正壬午の乱」における徳川家康と北条氏直の対峙を指しているのだろう。

「現在の三河守様は、そのことで苦悩しておられると思うな」

茂兵衛としては、思い当たる節がなくもなかった。

大久保忠世が、千曲川沿いを任されたように、平岩親吉《ひらいわちかよし》は甲府から諏訪《すわ》方面、鳥居元忠は甲斐東部の担当だ。三人とも旗本先手役《はたもとさきてやく》の侍大将で、家康の子飼い。今までは主人から直接の指揮を受けてきた。しかし、浜松から遠く離れた任地では、すべての裁量権を与えられ、地元の国衆たちとは国守然《こくしゅ》、あるいは大名然として付き合っている。

茂兵衛が「自分は大久保党の一員だ」と再認識したように、寄騎たちも寄親たる大久保や鳥居を「己が主君」と感じることも多くなるだろう。ましてや三備《さんぞなえ》の旗頭《はたがしら》たる酒井忠次《ただつぐ》や石川数正についた寄騎たちは、徳川の家臣だか、酒井家や石川家の家来だか、分からぬような言動をする者も多くなってきた。

本来三備は、三河一向一揆以降、徳川宗家の中央集権化を強める方策として取り入れられた軍制だ。一向一揆との戦いを通じて、自分は国衆たちの軍事力の上に、盟主として「戴かれているだけ」であることに気づいた家康は、自由自在になる直属部隊の必要性を痛感したのだ。そこで旗本先手役を設け、酒井の東三河衆、岡崎城に拠る西三河衆と合わせて三備が並立する形をとった。この策は実にうまくいった。

しかし、領地が広がるにつれ、三備にも綻《ほころ》びが見えてきた。新領地の指揮官たち――大久保忠世、大須賀康高《おおすがやすたか》、鳥居元忠、平岩親吉らが任地に根を張り、国衆たちを手懐けたとき、徳川領の中に「地方政権」とも呼べるものが新たに幾つも誕生した形だ。

気づけば、家康直属の部隊は、浜松城に常駐する本多平八郎隊と榊原康政《さかきばらやすまさ》隊、武田征伐の後に侍大将に抜擢された井伊直政が率いる武田の遺臣部隊――所謂《いわゆる》、井伊の赤備え――その三隊だけになっていた。もしも、家康が家来たちの顔色を窺わざるを得ない状況があるのだとすれば、そういう組織上の力関係が影響していると思われた。

「ただ、大国の主は……」

酔った脳味噌に鞭打《むち》って、茂兵衛が反論した。

「一人我が殿ばかりではございますまい。例えば信長公、信玄公はどうされておられたのでしょうか？」

茂兵衛の問いかけに、昌幸はしばらく思案を巡らし、やがて答えた。

「我が師信玄も奸雄《かんゆう》信長も、利と恐怖で配下の有力者を纏《まと》めておりましたな」

「利と恐怖？」

「左様。与える物は与える。土地、財宝、名誉……ときには女。そして、恐れさせる。信玄公は父親を放逐し、嫡男《ちゃくなん》を殺した。三河守様のように信長から命ぜられて泣く泣く斬ったのではないぞ。自ら率先して自刃させたのだ。我ら家臣たちは震えあがったな。御屋形様は頼りになる。しかし、怖い……そう思った」

「……」

「信長の苛烈さは申すまでもなかろう。やり過ぎて本能寺となった」

（うちの殿様ァ、吝《けち》な上に怖さがねェ。利と恐怖で家臣団に臨んだ信玄や信長とは違う。大丈夫か？）

「果てさて、あまり恐ろしさのない三河守様が五ヶ国の太守となられた……今後どう振る舞われるのか、見物《みもの》にございまするな」

昌幸がニコリと微笑《ほほえ》んだ。

「安房守様は、我が殿に起請文を差し出し、臣従されておられる。見物では済みますまい。御当家の命運にもかかって参るかと思われますが？」

酔眼朦朧《すいがんもうろう》の茂兵衛だが、最後の抵抗を試みた。

「なるほど。仰るとおりじゃ。『見物』との言葉は取り消させていただきましょう」

しばらく沈黙が続いた。

「安房守様が思われるに……我が殿は、いかにすべきにござるか？」

茂兵衛が訊いた。

「ま、軍制を改めるのみにござる」

昌幸が冷厳な口調で答えた。

「軍制とは、つまり三備のことにござるか？」

「左様。かつて三備を設けることで徳川は伸びた。今はその着物が古くなり、身の丈に合わぬようになっておる。ならば、五ヶ国の太守に相応《ふさわ》しい着物に着替えねばならぬ」

軍制を改革し、家康と徳川宗家に力を集中させ、もって求心力を高める必要性を昌幸は説いた。要は徳川内における中央集権の再強化だ。

そして続けて——

「ま、それはそれで激しい抵抗や反発が巻き起こるのでしょうがな。三河守様は現在、その機会を窺っておられるものとワシは見ておる」

と、上座でニコリと微笑んだ。

五

翌日は雨であった。

昌幸が用意してくれた蓑《みの》を着け、菅笠《すげがさ》を被り、早朝から虚空蔵山の敵城視察に出かけた。

昨夜は、丑の下刻(午前二時頃)まで昌幸と飲んでいたのだ。茂兵衛は二刻(約四時間)ほどしか眠っていない。さらには、体に酒がたっぷりと残っており、完全なる二日酔いであった。

体調は最悪である。頭は割れるように痛み、仕事になりそうもない。

茂兵衛は、例によって草摺《くさずり》の裏から熊《くま》の胆《い》を取り出した。刀の鍔《つば》から小柄《こづか》を抜き、米粒大の小片を削り出し、目を瞑って口に含んだ。一回に服《の》む量としては少し多めだ。

(俺ァもう三十七だ。酔うと記憶も飛んじまう爺ィだ。若くねェから、このぐらい服んでも鼻血は出んだろう)

筆舌に尽くし難い苦味が舌の上で広がり、脳天にまで突き抜け、酒に倦《う》んだ頭と体に活を入れてくれた。

「み、水を」

「はッ」

間髪を容れずに従僕の仁吉が、水を入れた竹筒を差し出した。主人が熊の胆を口に含むのを見て準備していたようだ。なかなか仁吉は使える。

「なにをお服みになられたのですか?」

真田源二郎が馬を寄せ、興味深げに覗き込んできた。昌幸の次男で、諱《いみな》は信《のぶ》繁《しげ》。十七になるそうな。

「熊の胆にござる。昨夜、ちと飲み過ぎましてな」

「熊の胆が、二日酔いに効くのですか?」

「効きます。猟師は万病の薬と申しております。試してみますか？」

と、青黒い塊《かたまり》を突き出したが――

「や、手前は……」

――さすがに拒絶された。

ここで源二郎は振り返り、後方に声をかけた。

「ね、兄上、熊の胆ですって……植田様から少し頂戴して、服まれてみては如何です？」

「……大層苦いと聞くぞ」

嫌そうな顔をして、真田源三郎が少し呟き込んだ。

源三郎は昌幸の嫡男である。齢は源二郎より一つ年嵩の十八歳で、諱は信幸《のぶゆき》。同腹の兄弟で仲がいい。

ちなみに、長男が源三郎で、次男が源二郎である。まるで逆さの命名だが、理由があった。真田家ではかつて、長男の夭折《ようせつ》が相次ぎ、第一子に「太郎」やら「一郎」を含む名を付けることは禁忌となっているそうな。で、生まれた長男にとりあえず源三郎と名づけた。翌年に生まれた次男は、第二子ということで、そのまま源二郎としたそうな。

(どーも釈然としねェ。第二子は「源二郎」って決まりはねェだろ。十兵衛でも官兵衛でもええだろうに……なんでわざわざ、兄弟で順番を逆にしたんだ?)

ふと花井と目が合った。嬉しそうに笑うから、茂兵衛も頷き、微笑み返した。

(ほうだら。もう今朝から花井は笑ってええんだわ)

本日は、上杉の虚空蔵山城を偵察する茂兵衛の道案内を、真田の若い兄弟が買って出てくれたのだ。

昨夜の昌幸は、源三郎が病弱なことを零していたが、今も数日前に引いた夏風邪が治らず、微熱と咳があるようだ。昌幸が「風邪ぐらい、汗をかけば治る」と強硬に送り出したので、仕方なく同道したが——

また花井と目が合った。やはり嬉しそうに笑うから、同じく茂兵衛も頷き、微笑み返した。昨日一日、笑いを封印したことでよほど笑顔に飢えていたのだろう。

(ま、ええ。他人の倅の名前で、俺が思い悩むこたァねェわ)

ゴホン、ゴホン。

後方で、源三郎が咳き込んだ。雨は降り続いている。

「源三郎様、試されますか? 熊の胆、存外効くものですよ」

馬を止め、後方に振り返り声をかけた。

「では、お言葉に甘えて……」

手で口を覆い、咳を静めながら馬を寄せてきた。

頰がこけ、青白い顔をした善良そうな若者が、菅笠の縁を持って微笑んだ。

瞬間、迷いが生じた。

茂兵衛が熊の胆を服用させた本多百助《ひゃくすけ》は、甲府で非業の死を遂げたし、同じく小栗金吾は鼻血と煩悩に苦しんだ。

(俺の熊の胆……験《げん》でも悪いのかな?)

コンコンコン。

源三郎が、苦しげに咳き込んだ。

(ま、熊の胆に罪ァねェだろ)

気にせず服ませることに決めた。

「相当苦いし、量が多いと鼻血が出ます」

「鼻血ですか?」

「精がつき過ぎます。特にお若い方は……ほんの胡麻粒ほどが適量にござる。朝晩二度お服み下され」

小栗金吾には米粒大を服ませ、えらいことになった。慎重に胡麻粒大に削り出し、差し出された源三郎の掌の上に置いた。

「かたじけない」

とロに放り込み、いきなり顔を顰《しか》めた。

「兄上、苦いですか？」

源二郎が、からかうように兄の顔を覗き込む。

「み、水」

従者から竹筒を受け取り、水を含み、口を漱《すす》いだ。

「ほお」

人心地がつくと、源三郎は茂兵衛に微笑みかけた。

「確かに苦いは苦いが……飲み下した後に、こう、胸の辺りに清涼感がござる」

「兄上、きっとそれ、効いてるんですよ」

「そうかな……ハハ、嬉しいな」

気の合う若い兄弟が見交わす笑顔の方が「幾倍もの清涼感がある」と茂兵衛は思った。熊の胆が効いてくれることを祈るばかりだ。

(兄弟、ええもんだなァ)

綾乃と松之助は、表向き従姉弟《いとこ》の関係になるが、二人が真田兄弟のように、互いを思いやる時がくるのだろうか。

上杉の城は、上田盆地を見下ろす尾根筋に沿い、点々と築かれていた。相互に連携がとれるという意味では、一つの巨大な城郭のようでもある。ただ、路傍に熊の胆ならぬ熊の糞が落ちているような山中で、付近に農家や田畑はない。補給路を断てば短時間で飢え、干上がりそうだ。

「嫌だなァ」

源二郎が、眼下に広がる上田盆地の風景を眺めながら呟いた。

「どうされた？」

茂兵衛が訊いた。

「上田城の様子が手に取るように分かりまする。いかほどの兵が籠っておるか、どれほどの兵糧を蓄えておるのか、上杉方に筒抜けでござるからな」

（ま、その通りだわなァ）

「源二郎、父上は上田城を『対の城』と位置付けておられるのかも知れんぞ」

兄の源三郎が弟に言った。対の城とは、敵城を攻める場合に、攻城軍の兵站《へいたん》や休息の拠点となる臨時の城を指す。付城とも似るが、対の城の方が少し規模が大きい。

「この辺りの砦を落とす拠点ですか？　それにしたって、兵を出すところが丸見えだ」

「城攻めは、月の無い夜になるだろうな」

「ならば、相手もその日を警戒するでしょう」

「ん？」

十間（約十八メートル）ほど上の尾根筋で、草叢《くさむら》がザワと揺れた。

振り仰げば、二十名ほどの武者が槍の穂先をこちらへ向けている。多分、上杉の城兵だ。城の周囲を徘徊《うろ》つく茂兵衛一行に早くから気づき「目障りな奴らだ」と苛ついていたのだろう。相当殺気だっている。

真田源二郎が腰の刀に手をかけたが、兄の源三郎が黙って手で制した。

上杉と徳川は反目し合っているし、三月頃には、真田との間で小競り合いもあったようだ。しかし、一応和議は成立している。現在のところ、いきなり合戦となるほどの緊張状態にはない——はずだ。

「あ、まったく害意はござらん」

茂兵衛が一同を代表し、手を振って声を張った。

「貴公、名は？」

蜻蛉《とんぼ》の前立《まえだて》の兜武者《かぶとむしや》が質した。

「小諸城の大久保七郎右衛門が寄騎、植田茂兵衛と申す」

鉄砲隊を率いていることは伏せた方が穏当だと考えた。

「その植田殿が何用か？」

「や、上る道と下る道を間違っただけ。今すぐ退散致しまする」

「すぐに下られよ。次に見かけたら、城まで同道してもらい事情を伺うことになるぞ」

蜻蛉の兜武者が厳しく言い放った。

「心得た」

そう答えてから、真田兄弟を促し、そそくさと山を下りた。

（一触即発か？　上杉衆はいきり立っとった。源二郎殿は刀に手をかけておられたし、真田と上杉の溝は思っていた以上に深いと見た。幾ら表裏比興之者でも、いきなり上杉に寝返る心配はねェだろうよ）

茂兵衛は、真田昌幸の風采の上がらない顔を思い浮かべながら、少しだけ安堵していた。

第三章　蟻地獄

一

そのまま何事もなく天正《てんしょう》十一年（一五八三）は過ぎた。

何事もなく——は、さすがに語弊があった。茂兵衛がいる佐久《さく》や小県《ちいさがた》は「おおむね平穏だった」というだけで、中央では様々な動きがあったようだ。年末、浜松城《はままつじょう》からの報せを持って、あの男が遥々《はるばる》小諸城《こもろじょう》にまでやってきた。

「よお茂兵衛、ハハハ、生きとったかァ？」

なにを考えているのやら分からない乙部八兵衛《おとべはちべえ》が、小諸城大手門の前で、偶《たま》さか櫓上に花井とともにいた茂兵衛を認め、ヘラヘラと嬉しそうに手を振った。

（このドたァけが……城門の前で、間の抜けた大声を上げるな！　いちいち俺の

名を出すな！　恥ずかしいわ）

「お知り合いですか？」

　花井が訊いた。

「阿呆ォ。あんなたァけ、知らんがや」

「でも、お頭《かしら》の名を呼んでおられますよ」

「う、うるさい」

　苛々して花井を睨みつけた。花井は、茂兵衛の勘気を恐れて目を逸らした。

　この寒空に、草臥《くたび》れた羽織に野袴を着用し、痩《や》せ馬に跨《また》がり、年老いた従僕を一人だけ連れている。どこからどう見ても旅の牢人か郷士といった風体だ。しかし、その懐には、五ヶ国の太守たる徳川家康公直筆の密書を忍ばせていた。

「惣奉行《そうぶぎょう》様、御壮健そうでなにより」

　乙部が忠世に平伏し、密書を手渡した。

　浜松から家康の密書が届いたと聞き、忠世の居室には、忠佐、忠隣の大久保党の重臣《おとな》が二人、また善四郎と茂兵衛が駆けつけていた。

「こりゃまた……えらいことだがね」

　密書を読んだ忠世が天を仰いだ。

「三法師君と御本所様が、安土城《あづちじょう》から追い出されたそうな」

「だ、誰に？」

「たァけ。秀吉に決まっとろうが！」

忠佐の間抜けた問いかけに、忠世が癇癪《かんしゃく》を起こし、弟を睨みつけた。

三法師は、織田信忠の忘れ形見である。清洲《きよす》会議で秀吉が、織田家の後継者として担いだ信長の嫡孫だ。年が改まり五歳になった。

御本所とは、信長の次男、織田信雄の通称だ。以前、信雄は伊勢《いせ》国守《こくしゅ》北畠《きたばたけ》氏の養子となり、守護職を継いだことから、自ら「本所」と名乗っている。

本能寺《ほんのうじ》の変の余波で安土城の天守は焼け落ちたが、御殿や各曲輪《くるわ》は無事で、三法師はそこに住んでいた。叔父の信雄も後見人として同居していたのだが、秀吉はこれを許さず、二人とも城から退去させてしまったのだ。十二月に入ってからのことらしい。

「御本所様は、亡き父君、信長公の居城である安土城にさえ住んでおれば、自然に織田家の家臣たちが戻ってくるものと考えておられた節がござる。失敬ながら、甘いと言わざるを得ませぬ」

乙部が解説した。

「ま、秀吉もその辺が癇に障ったのであろうが……織田の諸将には、筋目を通すという気持ちはないのかな？」

「筋目と申しますと？」

忠世の隣に控える嫡男《ちゃくなん》忠隣の言葉に、乙部が戸惑いを隠しきれぬ風情で訊き返した。

「知れたことよ。当初、織田家の後継者は信長公の嫡孫である三法師君と決まったはずだわ。それは秀吉自身が清洲で主張したことで、筋も通っとる。ところが、いつの間にか跡目は御本所様だということに変わった。信雄公も信長公の倅《せがれ》ではあり、ま、百歩譲ってこれも一応の筋は通っておるわ。皆とは言わんが、織田家家臣団の中で、せめて幾人かは御本所様の元に馳《は》せ参じても、罰は当たらんと思うがのう」

と、忠隣が答えた。

「御本所様に従っても、なんの得もございませんからな」

「なんだと……」

乙部の言葉に、座の空気は一気に冷えた。

「得とは、つまり利得のことか？」

横から善四郎が口を挟んだ。怒気を含んだ冷たい声だ。

「それほど、秀吉は強大だという意味にございまする」

「なるほど。いかにも服部半蔵の配下の者が言いそうな台詞《せりふ》だわ」

半蔵嫌いの善四郎が皮肉を投げた。完全に喧嘩腰だ。

一方の乙部は、曖昧な笑みを浮かべて善四郎を見た。小馬鹿にしたような無礼な目つきだ。

「なんだ、その面《つら》ァ!」

(いけねェ。喧嘩腰が本物の喧嘩になっちまう)

腰の脇差を摑み、褥《しとね》から跳び上がろうとする義弟の袴を摑んで座らせ、同時に乙部をも睨みつけた。

「控えろ八兵衛! ここは我ら三河者《みかわもの》の城だ。おまんは尾張者《おわりもの》の生き様を我らに押し付けとる。三河者には三河者の覚悟がある」

「茂兵衛の申す通りだがや。三河者は殿様から足軽小者に至るまで、筋と義を貫き通すのよ」

「ほうだら。それが我ら三河者よ! 尾張者とは違うわい!」

興奮した様子で忠佐と善四郎が相次いで吼《ほ》えた。

「見苦しい。内輪揉めは止めい！」

家康の手紙を黙読し続け、議論に入ってこなかった忠世の一声で座は静まった。でも、義憤にかられ、乙部を睨みつける一同の鼻息はまだ荒い。

「で、肝心の殿はどのようにお考えなのか？」

忠世が、乙部に質《ただ》した。議論には入ってこなかったが、耳だけは傾けていたらしい。

「殿様は……」

乙部は一座を見回し、一瞬口籠った。

「……分かりませぬ」

「なんだとォ！」

また善四郎が立ち上がろうとするのを、茂兵衛が袴の後ろ紐を摑んで制した。

「浜松城の大広間《たまり》でも今のような問答が繰《く》り返されておりまするが……殿は黙って聞いておられるだけで、どちらにも与《くみ》されません」

「大広間の面々も、大方は我らと同心じゃろうが？」

「はい……それは確かに、その通りにございまする」

忠佐が念を押し、乙部が渋々認めた。

「ならば、殿様のお考えは明らかだら。家内の大勢が秀吉の反目に回っておるので安心されたのだ。わざわざ御自分が口にするまでもないと、三河者の義の心を信頼して黙っておられるのよ」

と、忠佐は勝ち誇ったが、茂兵衛は内心で「逆だ」と感じていた。

（おそらく殿様ァ非戦論よ。八兵衛の説に同心しとるんだ。でも、家内に吹く秀吉憎しの風を読んで、沈黙を保たれておられるんだわ）

ちなみに、茂兵衛も本音では八兵衛側の非戦派である。ただ、善四郎や忠隣、忠佐の主戦派に遠慮して沈黙を守るところは家康と同じで、主人の気持ちはよく理解できた。

ふと、忠世と目が合った。団栗眼《どんぐりまなこ》が憂いを帯びている。しばらく見合ったが、視線を逸らされてしまった。

「惣奉行様は、殿の御本心をどう読まれまするか？」

「ワシか……」

善四郎に質され、一瞬、忠世の団栗眼が宙を泳いだが、やがて答えた。

「ま、殿はいつもの通り、筋と義を通されよう。そうお考えのはずだわ」

そして一瞬、また団栗眼と茂兵衛の目が合った。

（この感じ……七郎右衛門様もひょっとして、秀吉とは戦うべきではねェとお考えかも知れねェなァ）

「おい、八兵衛」

と、厠《かわや》から出てきた乙部に声をかけた。

「なんだ、茂兵衛かい……」

不機嫌そうに顔を背け、手水《ちょうず》を使い、袴で手を拭った。

「どうした、おまんらしくもねェ」

茂兵衛は、乙部に質した。

「なんでうちの重臣たちとあからさまに揉めた？」

意見が合わぬからと、口角泡を飛ばして議論する性質《たち》の者は、槍武者なら兎《と》も角《かく》、隠密には向かない。

「俺にも、機嫌の悪い時ぐらいあるさ。あの手の頑迷固陋《がんめいころう》な意見には、日頃から辟易《へきえき》しとるんだ」

「浜松城の大広間の意見に辟易しとる、そういう意味か？」

「ほうだら」

と、乙部は小さく頷き、茂兵衛の目を覗き込んだ。

「まさか、おまんまで『秀吉討つべし』とか言い出すのではあるめェなァ」

「たァけ。俺ァ鉄砲大将だがや。残念ながら、織田と徳川では鉄砲の数も弾薬の蓄えも大きく違うわ」

しかも、その織田の鉄砲を率いる総大将は、わずか一年余の間に、明智、柴田、滝川を連破し、丹羽を戦わずして従えた秀吉である。茂兵衛にはとても勝てる気がしなかった。平八郎たち主戦派の自信がもし、昨年の天正壬午《じんご》の乱で、四万の北条勢をわずか一万五千で撃退したことを根拠としているとしたら、馬鹿げたことである。老大国の四万と、旭日昇天の勢いの秀吉の六万とは雲泥の差があるのだから。

「では、おまんは非戦派だな?」

「ま、主戦派ではねェな」

敢えて茂兵衛は旗幟《きし》を鮮明にした。八兵衛は狡い男で信用ならないが、ここは本音を明かさねば「八兵衛も真意を語らぬはず」と考えたのだ。

「殿様が曖昧な態度をおとりになるのは毎度のことだが、御家老衆はどんな塩梅《あんばい》だ？」

乙部に訊いた。

「左衛門尉《さえもんのじょう》様（酒井忠次）も伯耆守《ほうきのかみ》様（石川数正）も、殿に倣《なら》って態度を保留されておられる」

「と、いうことは？」

「それだけ今回の主戦派は強硬だということよ。ま、御家老たちは、分かっていなさるのだろう。非戦派だと俺は信じとる」

「ほ、ほうかい」

道理は分かっていても、家臣たちの好戦的な気分を慮《おもんぱか》り、口を閉ざしている主人や家老たちの苦渋に満ちた表情が目に浮かぶ。彼らに代わって、服部半蔵や八兵衛あたりが、浜松城の大広間で主戦派との論争の矢面に立たされているのだろう。ちなみに、大広間での評定は軍議とは違う。身分の差なく参加し、比較的自由な発言が許されていた。機関決定をする場というより、家内の様々な意見を広く浅く聴取する場だ。

「ちなみに、おまんの仲人《なこうど》様と榊原の小平太《こへいた》（榊原康政）様が、秀吉討つべしの急先鋒だがや」

「へ、平八郎様か……」

予想はしていたが、困ったものだ。

「井伊様は、なんと？」

井伊直政は新進気鋭の侍大将だ。その英明さと武辺を家康から認められ、齢《よわい》二十三にして武田の遺臣をまとめて預けられた。平八郎、榊原康政と同格の先手《さきて》頭《がしら》として浜松城に常駐している。

「あのお方は、殿様の腰巾着だと思うとったが、雲行きが怪しい」

と、八兵衛は腕を組み、首を傾げた。

「どう、怪しい？」

「一括して預けられた武田の遺臣たちを赤備えにして得意満面だったが、その武田衆の扱いに苦労されとるんだわ」

ま、無理もなかろう。まだ二十三だ。

「武田衆にとっては、信雄も秀吉もねェ。徹底した織田嫌いよ。だから、家康公が秀吉にヘイコラしようものなら、一斉に離反するのでは、と心配しておられるようだわ」

だから、先手役の先輩である平八郎と榊原康政に倣い、主戦論であるそうな。

今や、本当の意味での「家康の手駒」は、浜松城に常駐する本多平八郎と榊原康政、井伊直政が率いる都合五、六千に過ぎない。その近衛兵団長とも言うべき虎の子の侍大将三人が三人とも主戦論では、家康がおいそれと本心を明かさぬのも頷ける。

「殿様の家来に対する思いは複雑なのよ」

乙部が声を潜めた。

「徳川の先々代……ま、殿には御祖父様《おじいさま》にあたられるな……松平清康《きよやす》公は、家来の阿部正豊《あべまさとよ》に些細な誤解から斬殺された」

家康の父である松平広忠《ひろただ》も、実は「家臣の岩松八弥《いわまつはちや》に殺されたのだ」との噂も根強い。

「当の殿様御自身も、三河一揆と信康公の一件では家臣団から背かれた。忘れようにも忘れられんことだろう。そんなお方が、家来を頭から信頼しておられると思うか？」

乙部は茂兵衛の目を覗き込んだ。いつものおどけた眼差しとは違う。真剣な射抜くような目だ。

「……分からん」

と、茂兵衛は首を振った。

本当に家康の気持ちが分からなかった。家臣から色々と裏切られてきたのも事実なら、その一方で、忠義専一の犬のような三河武士団が、現在の徳川隆盛の源泉となっていることは間違いなく、家康もそのことはよく分かっているはずだ。

「殿様にとっての家来とは、頼り甲斐はあるが、扱いの難しい……奇妙な存在だと思うわ」

乙部は呟《つぶや》き、目を細めて遠くを見た。

（つまり不可思議なのは家康公ではなく、俺ら三河衆の方か？）

茂兵衛は心中で自嘲していた。

「おまんも苦労するのう。義弟があれで、仲人があれじゃのう、ハハハ」

「苦労も何も……さすがに秀吉に恭順すべきとは言えねェわ」

「では、主戦派の芝居をしとるのか？」

「黙っとるだけだが、問われれば……ま、戦おうと言うしかねェわな。周囲から縁を切られちまう」

「ハハハ、おまんも殿や御家老衆と同じで、だんまりかァ」

乙部が寂しげに笑った。

「殿様は、これからどうされるお積もりだろうか」

「多分、機を見ておられるのだろう」

乙部が答えた。徳川の当主として「秀吉とは戦わぬ」と宣言する好機を待っているというほどの意味か。

上田城内《うえだじょうない》で、真田昌幸も同じようなことを言っていた。

半蔵や八兵衛は兎も角、家老衆など、家康の周囲に冷静な者が幾人かいるのは心強いことだと思った。

(筋や義や意地を通してよォ、家が潰れたんじゃ始まらねェものなァ)

と、茂兵衛は考えていた。

二

年が改まった天正十二年(一五八四)正月。

業を煮やした信雄は、近江《おうみ》の三井寺《みいでら》で秀吉と会談した。ま、直談判である。信雄は「信忠の嫡男である三法師は、安土城に住むべき」で「その後見人である自分もまた安土城に住みたい」と強く主張した。しかし、秀吉は言を左右にし、これを認めようとはせず、会談は決裂した。

信雄から決裂の報告を受けた家康は即日、駿河《するが》、信濃《しなの》、甲斐《かい》方面の徳川勢に浜松への帰還を命じた。新領地のうちで最も不安定な東信濃でも、大久保忠世に「兵千名を率い、浜松へ戻れ」との命が下された。

「義兄《あにじゃ》、喜べ。秀吉の奴に一泡吹かせてやれるぞ」

と、夜も明けぬうちから、善四郎が茂兵衛の宿舎に駆けこんできた。

「わ、我らも浜松に戻るのですか？」

「大久保隊は、我ら弓隊、鉄砲隊の他は、長柄《ながえ》隊でのみ構成される」

まさに、実動部隊だ。

騎馬隊の突撃は戦場の華だし、象徴的な意味合いはあるにせよ、実際に戦《いくさ》の趨勢《すうせい》を決するのは、足軽の弓鉄砲であり、長柄隊の槍衾《やりぶすま》であった。

欠伸《あくび》を嚙《か》み殺し、寝惚け眼をこすりながら、回らぬ頭で考えた。

（七郎右衛門様と俺ら足軽隊を呼び戻すってことは、殿様ァ本気だな。秀吉の反目に回る腹を決めなさったのか。それとも平八郎様あたりにせっ突かれ、戦う準備だけをしておられるのか……いずれにせよ、えらいことになる）

徳川家内で、秀吉の軍事的実力に一番精通しているのはおそらく、服部半蔵や乙部八兵衛ら隠密衆であろう。彼らの意見を聞かずに、自領の事情にしか通じず、他国を知らない槍武者たちの意見がまかり通るとしたら――実に、危ういことである。

「蓼科《たてしな》が難所になるな」

善四郎が呟いた。その息が白い。東信濃の一月の朝は、大いに冷え込む。

「今回は、道案内の猟師がおらんが……出発は四日後だそうだ。今からこの地で探すか？」

「ま、指揮は惣奉行様が執《と》られるので、そこはお任せしても宜しいのでは？」

「よし、拙者からそれとなく御奉行に訊いてみよう。往路は猟師を案内に立てて重宝したと……もし猟師を探せと仰せなら探すし」

「猟師でなくとも、商人でもようございましょう。交易で高遠《たかとお》まで行く者なら十分だ。高遠からは南へ下る山間《やまあい》の一本道だから、迷いようがございません」

「心得た」

半年前の往路は雨こそ降ったが、季節は初夏であり、凍えることはなかった。しかし、復路は厳冬期の蓼科大門《だいもん》峠を越えねばならない。下手に道に迷ってウロウロしていると、凍死や凍傷の恐怖が襲いかかってくる。

結局、道案内は、小諸で忠世が新たに召し抱えた足軽が務めることになった。

彼は元々、佐久の岩尾城《いわおじょう》で大井行吉《ゆきよし》に仕えていた武士であり、蓼科山方面には詳しいそうな。ちなみに岩尾城とは、昨年の春、依田信蕃が謎の討死を遂げた場所だ。

出発までの数日は瞬《また》く間に過ぎた。

茂兵衛以下の侍たちは、雪の山道を歩くことを想定し、足軽たちが履く橇《かんじき》や雪沓《ゆきぐつ》の調達に奔走した。

一方、足軽たちには各小頭《こがしら》を通じて、兵糧丸《ひょうろうがん》を多めに作って携行するよう命じておいた。雪山で、生死を分けるものは「一にも二にも、食い物である」と猟師の鹿丸は幾度も念を押していた。

兵糧丸——味噌や胡麻、砂糖などを搗《つ》いてよく練って蒸し、天日で干した戦国の携行食だ。滋養が高く「一粒含めば、一日精が続く」との触れ込みだが、果たして雪の蓼科山にも通用するのだろうか。

野宿の折には、温かい粥《かゆ》の炊き出しなども考えてはいるが、歩きながらでも食える兵糧丸は一つでも多く持参させねばなるまい。

やがて浜松へ向け、出発する朝となった。

忠世が留守の間、信州《しんしゅう》惣奉行を代行する嫡男忠隣と甥御を補佐する忠佐に見送られ、忠世率いる千人の足軽部隊は小諸城の大手門を潜った。

馬上の大久保忠世は、黒鉄《くろがね》の筋兜《すじかぶと》に上《あ》がり藤《ふじ》の前立《まえだて》、黒胴《くろどう》には金蒔絵《きんまきえ》で大きく龍神が描かれていた。ちなみに、上がり藤に大の字を組み込めば、大久保家の定紋となる。

遠征に出る朝には、様々な別れが見られた。小諸の地に、茂兵衛隊はほんの七ヶ月間滞在しただけなのだが、少なくない数の足軽は、すでに女を作っているようだ。別れを惜しみ、あちこちで愁嘆場を演じていた。足軽たちはこれから戦場に赴く。それも、秀吉の大軍が相手の不利な戦いだ。この中の幾人かは確実に死ぬし、二度と小諸には戻ってこれまい。言わば、今生の別れである。それをよく知っている小頭たちは、今日に限って、行軍の列を外れる配下の姿があっても、見て見ぬ振りをしていた。

馬の周囲を見回せば、茂兵衛の家来が四人しかいない。一人足りない。

「おい、こら富士之介」

「ははッ」

雷の轡《くつわ》を握って歩く大男が振り向いた。

「伍助がいねェぞ。野郎、どこ行った?」

「あの……伍助は、あちらに」

と、指さす彼方《かなた》を眺めれば、依田伍助は隊列を離れ、身なりのいい初老の男と若い娘と三人で、深刻そうな表情で話し込んでいる。よく見れば、娘は泣いているようだ。

「伍助と喋ってるのは、誰だら?」

「はッ、近在の百姓にございます」

「それで?」

富士之介が語るところによれば――

伍助の自慢は、主人の命を助けたことである。ただの法螺話《ほらばなし》ではなく、大きく曲がった鼻が、激闘を物語っていた。その武勇伝を聞きつけた近在の富裕な農民が「そんな勇者なら、ぜひ我が一人娘の婿に」と申し出たそうな。

「伍助を婿にだと? 大百姓だと?」

「や、勿論、伍助は植田家の家臣ですので、そこはちゃんと断ったようにございまする」

「それで、あの泣いてる女子《おなご》が、その……家つき娘か?」

「はい、多分」

「こら……べ、別嬪《べっぴん》じゃねェか！」

茂兵衛は妻の寿美に対して引け目があった。彼女に内緒で松之助を儲け、それを辰蔵に預け、密かに育てている。だからこの七ヶ月間、一度も女の肌には触れていない。素人女を口説くのは勿論、遊女を呼ぶこともなかった。酔った善四郎が女を寝所に引き入れても、自分は一人で眠った。その主人の苦悩を他所《よそ》に、家来の分際で、あんなに若くて美しい娘を――

「も、申し訳ございません」

なにをどう思ったのか、伍助の代わりに富士之介が歩きながら謝った。おそらく、主人の顔に憤怒《ふんぬ》の表情が出たのだろう。そこで「とりあえず、謝っておこう」と考えた――ま、そんなところだろう。

「べ、別におまんが謝ることではねェ」

そう不機嫌に応えて、雷の鐙《あぶみ》を軽く蹴り、隊列の前方へと向かった。

「こらァ彦左！」

馬を寄せながら、荒々しく呼びかけた。

「どうされました？　御機嫌斜めですな」

鉄砲隊の先頭で馬を進めていた筆頭寄騎が振り返った。

「機嫌なんぞ悪くねェわ……それより俺ァ、上田城に暇乞《いとまご》いに行ってくる。その間の指揮を頼む」

「それはええですが……本隊は大屋《おおや》で曲がって千曲川《ちくまがわ》を渡り、そのまま山に向かいます。上田城は大屋から一里半（約六キロ）西ですから、行って戻れば三里だ」

「ま、素通りもできんだろ」

「放っときゃええんですわ。あんな真田なんて、どっちに付くやら分からん奴らですから」

「たァけ。俺にそう命じたのはおまんの兄上だがや」

忠世が、昌幸や源三郎たちと懇意にしている茂兵衛に「ワシの代わりに暇乞いをしてきてくれ」と命じたのだ。忠世は、東信濃の奉行である。真田と徳川の間で懸案となっている沼田《ぬまた》領について、この出陣のドサクサに突っ込まれたくはなかったのだろう。その点、茂兵衛ならば決裁権がないから気楽である。

「花井を連れていくが、ええか？」

「あ、どうぞどうぞ」

顰《しか》め面《つら》をして聞いていた彦左が、この瞬間だけ、弾かれたように笑顔を見せた
——花井が哀れで仕方なかった。

花井を選んだのには訳が三つあった。一つは、騎馬武者だからだ。脚の遅い戦国期の馬でも、厳しく攻めれば半刻（約一時間）で七里（約二十八キロ）や八里は走る。大屋から上田城まで片道一里半なら、馬を休ませながら往復しても、半刻ほどで本隊に追いつけると踏んだのだ。勿論、花井と二騎だけで行く。従者も連れない。

二つ目は、花井の不満を発散させるのが目的だ。茂兵衛は、大事な役目を花井に任せない。不安で任せられない。しかし、それればかりでは花井が萎縮するだけだ。上役と馬を駆り、有力国衆《くにしゅう》の元へ暇乞いに向かう——なかなかの栄誉だ。さほどに重要でない儀礼的な仕事で、溜飲を下げてくれればもっけの幸いである。

そして最後が、目立つ鎧《よろい》についての注意喚起を促すつもりである。

途中で幾度か歩かせて、馬を休めた。連続して走らせると、後々へばる。これから悪路を六十里（約二百四十キロ）も重たい茂兵衛を乗せて歩いてもらうこと

になるのだ。初日に攻め過ぎるのは宜しくない。花井と轡を並べ、ゆっくりと雷を進めた。

「な、花井よ」

いよいよ大戦《おおいくさ》が迫っているのかも知れない。昨年東信濃に来たとき以来、ずっと心にかかっていたことを、今日こそ花井に伝えることに決めた。

「はッ」

「おまんの、その……色々威《いろいろおどし》な」

「あ、この具足《ぐそく》にござるか？　これ、実は母から贈られ……」

「や、それは知っとるわ。幾度も聞いた」

少し酷い気もしたが花井を制止した。若者は悲しそうに俯《うつむ》き「話しましたか、相すみません」と顔を赤らめ、小声で呟いた。命にかかわる大事な用件がある。話を前に進めねばならない。

「俺ァ、鉄砲隊を率いとる。乱戦となった折、配下の足軽たちに『誰を狙え』と下知すると思う？」

「それはやはり、敵の大将とか、物頭《ものがしら》とか……」

「大将を狙えとは言わねェ。戦場では誰も頭がトチ狂ってるんだ。もう少し分かり易く命じるなァ」

「なるほど、なるほど」

阿呆な配下が、真面目な顔つきで幾度も頷いた。

「俺ァ『派手な目立つ甲冑《かっちゅう》を着とる敵を狙え』と命ずるんだわ」

「はい、よく分かります」

まだ、伝わらないようだ。やはり鈍い。癇癪が起こりかけていた。

（ふん、仕方ねェわな。花井のたァけは、今に始まったことじゃねェし、死ぬまで治らねェ。辛抱辛抱）

手綱を引き、雷の歩みを止めた。

花井も馬の足を止め、茂兵衛を見る。これから上役が、自分になにを言おうとしているのか、探るような、不安そうな目だ。

「派手な目立つ甲冑ってのはな……こういう品を指すのではねェのか？」

と、馬上から腕を伸ばし、花井の当世袖《とうせいそで》を摑んで強く左右に揺すった。

ここでようやく、さすがの花井も茂兵衛の意図に気づいたようで、顔色がサッと変わった。

「こ、これはしたり、これはしたり」

一旦俯いて己が甲冑を確認した後、顔を上げ、すがるような目つきで茂兵衛を見た。

「色々威の立派な甲冑を着た騎馬武者だァ……敵の矢弾は、おまんに集中するだろうさ」

ゴクリ。

花井が固唾《かたず》を呑み下す音が、茂兵衛にまで聞こえた。あるいは、四方から銃弾を受け、絶叫して鞍《くら》から転げ落ちる自分の姿を想起したのかも知れない。

「せ、拙者は、どうしましょう」

「たァけ、どうもこうもねェわ。おまんに着替える気があるなら、浜松城で俺が別の目立たねェ甲冑を探してきてやる」

「や、しかし、これは母が……拙者に手柄を立てさせようと……」

(まだ言ってやがる、このドたァけが……ま、怒るまい怒るまい。馬や犬を説得するつもりでやらにゃあなァ)

「なるほど。手柄を立てるのは親孝行だな」

「はい。母はそれを願っております」

「でも、生きて帰るのもまた立派な親孝行だら。敵の大将首を挙げても、当の倅が死んだのでは母御は喜ばねェ」

「確かに……お頭、どうしましょう？」

「ま、いきなり戦とはならねェだろうから、浜松まではそのままでええよ」

「浜松からは？」

「だから、おまんに着替える気があれば……」

「でも、この甲冑は、折角《せっかく》母上が……」

「たァけ！」

思わず怒鳴ってしまった。雷がブルンと鼻を鳴らし、白い息が周囲に漂った。

眼下には冬の千曲川が、音もなく静かに流れている。

「甘えるな。二つに一つだら。おまん自身で決めろ。危険を承知で母御から贈られた甲冑を着続けるのも孝行。甲冑を着替えて、生きて帰るのもまた親孝行だら。ただな、花井よ」

「はい？」

「黒い甲冑を着てても手柄は挙げられるし、色々威の甲冑でも弾が当たるとは限らねェぞ。大事なことは、おまん自身が考え、おまん自身が決めるこったァ。俺でも母御でもねェ。決めるのはおまんだ！」

それだけ言って、雷の鐙を蹴った。

三

上田城を訪れるのは、この七ヶ月間で五度目である。十月には、鉄砲隊を率いてきた。虚空蔵山城《こくぞうやまじょう》の上杉勢が、上田城の普請現場を襲う気配を見せたからだ。結局上杉勢は動かず、茂兵衛たちも早々に小諸城へと引き揚げた。

城の門前で訪《おとな》いを入れ、馬を下りた。

花井はその場で待たせることにして、雷の手綱を渡した。最前の会話以来、思い詰めたように押し黙って小さく震えており、正気ではなさそうだ。昌幸の前で失言でもされると面倒なので、同道しないことに決めたのだ。

書院に通され、甲冑を着たまま昌幸と源三郎に暇乞いをした。

「それはそれは……三河守様は、秀吉公と戦われるのか？」

昌幸はそう言ったきり、押し黙ってしまった。茂兵衛と目も合わせない。

（この表裏比興《ひょうりひきょう》之者め。真の悪党め。頭の中で徳川と秀吉を天秤にかけてやがるな……秀吉がこいつに手ェ回したらイチコロだがや。危ねェよなァ……殿様、

しっかりしてくれよ)

気まずい沈黙が流れ、それを気にした源三郎が話を継いだ。

「上杉勢の南下は、我ら真田とこの上田城で必ず食いとめますゆえ、背後の備えは御放念下され」

「かたじけのうございまする。後顧《こうこ》の憂《うれ》いなく戦場に赴けまする」

と、真田の嫡男に頭《こうべ》を垂れた。

「植田殿……」

思い出したように、昌幸が口を挟んだ。

「ははッ」

「例の沼田の件は、如何《いかが》なっておるのかな?」

「と、申しますと?」

「ハハハハ、上手いッ! 植田殿、惚《とぼ》けて逃げを打たれたな?」

と、茂兵衛を指さし、弾かれたように笑った——笑ったが、目までは笑っていない。

(悪い御仁ではねェのだろうが、この灰汁《あく》の強い感じが、どうにも苦手だわ)

真田昌幸、優秀なことは認めるが、変人であることもまた事実である。

「現在真田は、徳川の臣である。そこはよい」

昌幸が続けた。

「三河守様が、沼田領を北条に渡せと仰るなら、ワシはその通りに致そう。ただ、家康公は依田信蕃殿を介して『沼田領に見合うだけの替地を与える』と御約定なさった。替地である！　ここまでは宜しいか？」

「はッ。伺っております る」

これは世間にも広まっている事実である。一説に家康の方も、依田を通じて起請文を昌幸に与えたという。当時はそれほど真田の協力が欲しかったのだ。

「ならば一刻も早う、その替地とやらを御提示いただきたい。どこに、いかほどの領地を頂けるのか？　御提示いただきさえすれば、明日にも沼田領を、あの阿呆の北条氏直めに引き渡しましょうぞ」

ま、言い方は兎も角、筋は通っている。ちなみに、北条氏直は家康の娘婿だ。

上野国《こうずけのくに》沼田領の石高は、二万七千石とも言われている。それに見合うだけの替地を、家康は未だに提示できていない。否、忠世によれば家康には「その気がない」のだそうな。昌幸はいつ敵に転ぶやも知れない表裏比興之者だ。敵側の版図となりかねない二万七千石を、あの吝《けち》な家康が易々と与えるはずがないのだ。

「確《しか》と伺いました」

例によって、甲冑の所為《せい》で平伏ができない。茂兵衛は拳を床に突き、できる限り頭を垂れた。今の茂兵衛には「伺いました」以外に返事のしようがない。

花井とともに城門の前を去ったのは、未《ひつじ》の下刻（午後二時頃）であった。この時季の日没は早いが、馬を飛ばせば、明るいうちに、本隊に追いつけそうだ。東へ向けて、雷に鞭《むち》を入れた。

人気《ひとけ》のない北国街道《ほっこくかいどう》を花井と只《ただ》二騎、ひたすら駆けた。寒風に晒される顔が寒い――というより痛い。

（せめて面頬《めんぼお》がありゃ、ちったァ寒さが凌げたんだろうがなァ）

少しでも身軽になり、雷の負担を減らしたかったので、兜、面頬、喉垂《たれ》などは仁吉に渡してきたのだ。

「お――――い」

後方から若い声が追いかけてきた。手綱を引いて馬を止め、振り向いて眺めれば――西日が眩しい。手をかざして目を凝《こ》らした。只一騎、こちらへ駆けてくるのは、真田源三郎である。

ホッとした。

源三郎は、熊の胆《くまい》が縁で茂兵衛に好印象を持ってくれているようだ。

「これは源三郎様、如何なされましたか」

やっと追いついた昌幸の嫡男に声をかけた。

「これを植田様にお渡ししようと、持って参じました」

と、幅一尺（約三十センチ）ほどの麻袋を差し出したのだ。

「なんでござる？」

「南蛮胡椒《なんばんこしょう》にございまする。南蛮原産の植物の実を乾燥させた、言わば生薬にございます」

「薬ですか？」

「飲み薬ではござらん。足袋《たび》の爪先に入れておくと、指先が火照り温かくなり、極寒の中でも凍傷になりません」

「ほう、それは助かりますなァ」

これから茂兵衛たちは、極寒期の蓼科山を踏破せねばならないのだ。

麻袋の中を覗くと、長さ一寸（約三センチ）ばかりのカラカラに乾燥した赤い実が大量に入っていた。

南蛮胡椒——唐辛子のことである。この時期、ポルトガル商人を介し、西国を中心に拡散しつつあった。

「このような珍品を、かようにたくさん……よろしいのですか?」

「なんの、熊の胆の御礼です」

「熊の胆か……では、有難く」

と、伏し拝み、貰っておくことにした。

源三郎の父親と茂兵衛は同じ年齢だ。倅のような若者と、心が相通じたようで茂兵衛は嬉しかった。

「植田様」

「はい」

「書院で父が植田様に不満をぶつけました無礼を、どうかお許し下さい」

「なんの、無礼なぞとは思っておりません。伺った話を、そのまま主人に伝えるつもりにございます」

「三河守様に?」

「はい」

「では、植田様の御好意に甘えるようですが、手前からも三河守様に一言……」

源三郎は、少し躊躇《ちゆうちよ》していたが、意を決したように言葉を継いだ。

「天正六年（一五七八）以来、勝頼公の命を受け、父は北条領沼田を攻め続け申した。それは苦戦続きで……拙者なども子供心に、多くの親族や家来たちが筵《むしろ》を被り戸板に乗って帰還するのを見て『酷い戦いだな』と、恐ろしく感じたものにございます」

そもそも、上田と沼田は遠く離れている。上田を出て碓氷《うすい》峠を越え、渋川《しぶかわ》を経て沼田へと至る。直線では十九里（約七十六キロ）だが、歩けば二十五里（約百キロ）の距離だ。それでも昌幸は主命を奉じ、上野国への遠征を繰り返した。そして天正八年（一五八〇）、多大なる犠牲を出し、ようやく沼田城を陥落させたのである。

「我が真田にとっての沼田領は、一族郎党の血と汗で勝ち取った特別な意義を持つ土地にございます。もしも徳川様と北条様、両大国の間であたかも米を貸し借りするように扱われては、血を流した真田の一分《いちぶん》が立ちませぬ。このことを三河守様に、確とお伝えいただきたく思いまする」

と言って、真田の嫡男は頭を垂れた。

「心得申した。必ず、お言葉のまま主人に伝えまする」

そうは言ったものの——家康が情に絆《ほだ》されて真田に好条件の替地を提示する可能性は低いと思われた。勿論、家康が吝なこともあろうが、それ以上に、真田昌幸という男への信用が欠落しているのだ。戦国の世は、数多《あまた》の梟雄《きょうゆう》や奸雄《かんゆう》を輩出したが「表裏比興之者」などと異名を奉られた武将は案外と少ない。

「また、お会いしましょう」

源三郎が笑顔で手を振ってくれた。もし松之助が源三郎のような真っ直ぐな若者に育ってくれるのなら、茂兵衛は己が左手を犠牲にしてもいいと考えていた。

七ヶ月前、浜松からの往路を、茂兵衛たちは十一日間で踏破した。その同じ道を、大久保忠世率いる千名の徳川勢は、二十日を要し、二月の初めに浜松へとたどり着いた。それほどまでに、雪道の行軍は難航したのである。

ただ、凍死は勿論、凍傷で指を失う者もいなかった。源三郎がくれた「南蛮胡椒こと唐辛子」のお陰である。

四

浜松城に着き、まずは家康に帰任の挨拶を済ませた。大久保忠世に率いられ、善四郎ら他の物頭たちとともに、家康の前に伺候《しこう》したのだ。久しぶりに会った主人は、体自体はやや太り、青白い顔だけが少し窶《やつ》れて見えた。総じて不健康な印象である。あまり外出していないのかも知れない。

「遠路をよう戻ってくれたのう。おまんらの顔を見れば、百万の味方を得た気がするわ。精々励んでくれや」

と、顔を皺《しわ》だらけにして莞爾《かんじ》と笑った。その風貌は、まるで大百姓の隠居然としている。この辺りの愛嬌が、家康の魅力の一つであろう。さほどに忠誠心の強くない茂兵衛でも、ついつい絆されてしまいそうで怖い。

忠世一人が家康の前に残り、茂兵衛は善四郎たちとともに本丸御殿を出た。

浜松城内は騒然としていた。米俵が運び込まれ、軍馬が嘶《いなな》き、足軽の一隊が走り、小頭たちの罵声が響き渡っている。まるで、明日にも秀吉との大戦が始まりそうな空気だ。

人や馬を掻き分け掻き分け、七ヶ月ぶりで屋敷に戻った。

昨年の六月には四つん這いをしていた綾乃が、バタバタと小走りをして出迎えてくれた。

「タタ……」

と、微《かす》かな笑顔を見せるも抱き着いてはくれない。少し間合いをとり、俯き、指を嘗《な》めている。

（ま、無理もねェわ。七ヶ月ぶりだものなァ）

多少、寂しくはあったが、なにせ二十日以上も風呂に入っていない。自分ではもう慣れて気にもならないが、おそらくは凄まじい異臭がしているはずだ。三十五歳にして初めて授かった愛娘《まなむすめ》から「臭い」と嫌われるのは耐えられない。抱きつかれなかったのは、むしろ好都合だと思うようにした。

「綾乃、大きくなったなァ」

身の丈が二尺半（約七十五センチ）ほどに伸びた娘は、驚いたように顔を上げ、黒く大きな瞳で父を見つめた。

「楽しく遊んでおったか？」

「……」

綾乃は黙って深く頷いた後、茂兵衛に背を向け、遠慮して廊下の隅に畏《かしこ》まっていた乳母《うば》の元へと駆け戻ってしまった。

(ま、こんなもんだら。妹たちもガキの頃ァ、俺の面を見て「兄《あに》さん、おっかねェ」と逃げてたものなァ)

茂兵衛の顔は、敵からも、女子供からも恐れられる。もう少し柔和な顔に生まれていたら、自分の人生も多少違っていたのかも知れない。

結局、鎧を脱いだだけで、風呂にも入らず横になった。二十日に渡る行軍の疲れがドッと出て、眩暈《めまい》がしているのか、見上げる天井の格子が、じんわりと動いて見えた。

(俺もいよいよ年だわ。十年前なら長い戦から戻った夜でも酒を飲み、寿美を抱いたものだがや……それが今じゃよォ……)

——ここでプツンと意識が途切れた。眠りに落ちたというよりは、むしろ気絶した印象だ。

「お前様……茂兵衛殿」

ほんの一瞬の後、艶《つや》やかな女の声に起こされた。妻の寿美だ。

寝所に入ったのは申《さる》の下刻(午後四時頃)辺りで、まだ外は明るかった。今はもう夜で、戌《いぬ》の下刻（午後八時頃）だというから、自覚はないが、かれこれ一刻（約四時間）は眠っていたことになる。

「え、誰だって？」

思わず聞き返した。寝惚けて、妻の声がよく聞き取れなかったのだ。

「大久保様、大久保七郎右衛門様です」

「な、なんで御奉行が俺の屋敷に？」

信州惣奉行の大久保忠世が、書院で待っているそうな。

「それもお忍びですよ。供回り衆もわずかで、お馬にも乗らず」

「歩いて来られたのか？　ま、兎も角お会いしよう……書院に通したのか？」

「ですから、そう申しましたでしょ」

亭主の酷い寝惚け具合に、さすがに妻が苛つき始めた。

「で、ではすぐに参ろう。もしや酒になるやも知れん。すまんが……」

「はい、四半刻（約三十分）ほどで御用意致します」

年を重ねても美しく、奥向きを任せれば頼りになる寿美が頷いた。

驚いたことに、忠世は黒漆塗りの甲冑姿のまま、書院の上座に座っていた。

彼は今年で五十三歳になる。顔には疲労の色が浮き出ていた。頬が削《そ》げ、団栗眼がいつもより二回りも小さく見えた。おそらく、茂兵衛が眠っている間、家康や重臣たちとともに侃々諤々《かんかんがくがく》評定を続けていたのだろう。

それほどまでに、現在の徳川家は岐路に立たされていた。

桶狭間《おけはざま》の直後、三河半国の支配から始まった徳川は栄え、今や五ヶ国の太守にまで上り詰めた。しかし、その巨大な版図も、秀吉という——信長とは少し肌色の違った英雄の反目に回れば、無に帰しかねない瀬戸際なのだ。

「御奉行、よういらっしゃいました。お呼びいただければ、こちらから参上しましたものを」

と、下座で深々と平伏した。

「お互いに疲れておるゆえ、用件だけを手短に伝えることにする」

「はッ」

「今まで、殿や重臣方と話しておったのだが……」

グ——ッ。

忠世の腹が鳴った。忠世が押し黙り、気まずい沈黙が流れた。

「御奉行、まさか、なにも食べておられないのですか?」

「うん。忙《せわ》しなくてな」

「おい、吉次《きちじ》おるか?」

「はッ」

舞良戸《まいらど》の外から落ち着いた声が返ってきた。鎌田《かまた》吉次は、茂兵衛の家臣筆頭者だ。植田家の家宰として屋敷を守ってくれている。茂兵衛と同郷の植田村の出身で、やはり農民の出だ。

「酒よりも、まずは湯漬けをお持ちせよ。塩引きの魚と香の物でもあればよい。急げ」

「ははッ」

足音が遠ざかると忠世は一言「すまぬな」と礼を言った後、身を乗り出し、声を潜めた。

「殿は、清洲城で御本所様と会われる」

御本所様は、織田信雄の呼称である。

「その折の護衛として、おまんの鉄砲隊のみを連れていかれることになった。五日後に発《た》つ。準備をしておけ」

「ははッ」

と、戸惑いながら平伏した。茂兵衛隊は、二十日間で六十里(約二百四十キロ)の山道を、極寒の中、踏破してきたばかりである。

「おまんの組下たちが疲れておることは、ワシも殿様も承知の上よ。でもな、おまんしかおらんのよ」

「と、申されますと?」

「物頭級の者で、秀吉との開戦に反対しておるのは、おまんと服部半蔵ぐらいだからのう。それでおまんを連れていくことにした」

「あの……」

「ん?」

「それがしは秀吉との開戦云々につき、特段、反対とも賛成とも……」

茂兵衛は声を潜めた。浜松城内は主戦派が大勢を占めている。もう、やる気満々である。城内で騒がしく進んでいる戦支度を見れば明らかだろう。非戦論者であることが知れると「秀吉の乱破《らっぱ》」と蔑《さげす》まれ、「臆病者」と罵《ののし》られ、命の危険すらあるという。

「たァけ。誤魔化すな」

団栗眼がいつもの大きさに戻り、ギョロリと睨まれた。

「小諸にいた頃から反対だったではねェか？　ワシとおまんは長い付き合いだら。水臭いぞ、そのぐらい分かるがや」

「では、御奉行も同じお考えで？」

「ワシか？」

団栗眼を幾度が瞬《しばたた》いた。

「ちと違う。ワシの立場はな……『秀吉と戦うべし』ではねェ。『秀吉に対し、弱気に出られては困る』ということよ」

「……よく、分かりませぬが」

「ワシは東信濃の惣奉行じゃ。地元の国衆たちは、徳川が北条や上杉より強そうだから、風を読んで徳川に付いただけよ。徳川が秀吉に頭を垂れるのを見れば、動揺し始めようさ。ワシの仕事はやり難《にく》うなる」

「お言葉ですが……東信濃の国衆たちは静まっても、殿様が秀吉に負け、肝心の徳川が潰れては元も子もないのではありますまいか」

「ま、そういうことじゃ。悩ましいところじゃな」

「御奉行は、秀吉と徳川が大戦をしたとして、我らは勝てるとお思いですか？」

「ま、五、二で負けるな」

いささか中途半端な比率である。

「ご、五、二ですか？」

「負けが五、勝ちが二、引き分けが三だわ。勝ちと引き分けを合わせれば、五分《ごぶ》になるがや」

「要は、負けなければええと？」

「ほうだがや。一応は兵を挙げ、勝てぬまでも引き分けに持ち込めれば、それが一番ええと思っとる。そう考えるのは、ワシ一人ではねェぞ……」

駿河、甲斐、信濃は徳川にとって新領地——言わば占領地である。家康は三ヶ国に旗本先手役の侍大将たちを据えたが、その施政は不安定だ。彼らは、徳川の軍事力を拠り所として国衆たちを従えているのであり、徳川の武威が見くびられる事態——争いもせずに秀吉の軍門に下るとか——は、困るのだ。

（つまり、八兵衛が言うとった「武田の旧臣を抱え込んだ井伊様のお立場」と根っこは同じということか）

「あの、御奉行？」

「ん？」

「その……秀吉との戦いに反対しておるそれがしを、敢えてお供に加えるということは、もしや殿様も……あれ、にござるか？」

「や、ま、殿はああいうお方だから、確とは申されぬが、おそらくは……あれ、であろう。おまんに一番近い」

忠世はニヤリと笑い、言葉を続けた。

「有り体に申せば、清洲では御本所様を『秀吉と争うな』と説得されるお積りと推察しておる……そこで気がかりなのは、信雄公の御気性よ」

信雄はその能力面において、父である信長から才能というものをまったく受け継いでいない。言わば凡庸な男である。ただ、激しい気性だけは濃厚に遺伝した節がある。つまり、最悪なのだ。

天正十年（一五八二）の伊賀《いが》越えで、茂兵衛たちは織田勢の「置き土産《みやげ》」に大変な苦労をさせられた。織田勢が伊賀に乱入し、残虐の限りを尽くしたのが天正九年で、その遺恨が生々しく残っていたからだ。徳川は織田の同盟者である。茂兵衛たちが伊賀で歓迎されなかった所以《ゆえん》である。

その織田勢を、総大将として率いたのが信雄だったのだ。

天正七年（一五七九）に、信雄は一度伊賀攻めに失敗している。采配の拙《つたな》さを父親から厳しく叱責された。勘当寸前だったとも聞く。この恨みが、二回目の伊賀攻めで「無慈悲な皆殺し策」の伏線となったようだ。

また、今年の正月に、秀吉と直談判に及んだときも激高した。

信雄は安土城に入りたがったが、秀吉にこれを拒絶されると、もうそれだけで「秀吉との戦準備」を始めたという。

「一度交渉して駄目なら、いきなり開戦となるのでは、そこら中が戦だらけになってしまうがね」

忠世が、辟易した様子で嘆息を漏らした。

「それに秀吉も、御本所様には、それなりの配慮を見せておったからのう」

まず、この時期の織田家当主の座は、三法師から信雄に移っている。これは秀吉が清洲会議での決定事項を変更してまで、信雄に配慮したものだ。秀吉自身、信雄のことを「殿様」と呼んでいるらしい。

さらには、昨年の七月に滝川一益が降伏した際、秀吉は、あまり働きのなかった信雄に、北伊勢と伊賀を与え加増している。秀吉にすれば「せいぜい優遇しとるがね。これでもまだ文句があるのか？」と愚痴を零したいところであろう。

遺恨とか名誉心が害されると激高し、抜かずもがなの刀を抜き、斬らずもがなの首を落としてしまう。そこの辺りだけは、まさに父親似だ。

「つくづく、名より実を取れぬお方よ。ということはな……」

仮に清洲城で家康が、秀吉との和解を勧告した場合、信雄は激高する恐れがあるというのだ。

「激高、しますか？」

「恐れはあるな。三河殿は、秀吉側につかれたか。織田家を裏切る気か……と、何をしでかすやら知れたものではねェからのう」

会談場所は信雄隷下《れいか》の清洲城であり、万に一つ、家康の身に危険が及びかねないというのだ。

「まさか御本所様が、我が殿を？」

「最悪に備えておかねばならぬ、ということじゃ」

さりとて、同盟関係にある信雄の城に、端から千、二千の軍勢を引き連れていくのは物々しいし、相手にあらぬ疑念を抱かせかねない。

「そこで、おまんの鉄砲隊の出番よ」

家康の護衛は、百騎の馬廻衆と茂兵衛隊の百人のみに絞るという。

総勢二百人なら、信雄に不要な脅威を与えることはなかろう。それでいて、一騎当千、精強な馬廻衆と茂兵衛隊の火力があれば、家康一人を逃がすことぐらいはできそうだ。

「おまんの鉄砲隊が放列を敷いて時を稼ぐ内に、馬廻衆が殿を押し囲み、三河まで逃げ帰る算段よ」

「なるほど」

（そして、俺ら鉄砲隊は全滅するってこったァ）

どこの戦場にも捨て駒は必要だ。もし織田勢と小競り合いとなった場合、偶さか「今回は自分たちが捨て駒となる順番であった」というだけのことだ。

しばらく沈黙が流れた。

「実は話はもう一つある。今回の秀吉とのゴタゴタが片付いたら弟を……彦左衛門を返して欲しい」

「返す？」

これには驚いた。彦左とは足軽大将と筆頭寄騎の間柄で、八年も一緒にやっている。今では阿吽《あうん》の呼吸で意思が通じ合う古女房か実弟のような存在だ。

「うん。奴も今年二十五だ。ちょうど足軽大将の席に空きができてな。彦左を物頭に取り立て、足軽隊の指揮を執らせようかと思うておるのよ」

「足軽大将に……」

彦左は筆頭寄騎として、今や茂兵衛隊の要《かなめ》である。彼が抜ける穴は大きいが、彦左にとっては出世の好機だ。いくら名門大久保党の出自とは言っても、足軽隊は、弓隊にせよ、鉄砲隊にせよ、槍隊にせよ、徳川勢の中核を担う枢要な部隊である。その指揮官に選ばれるのは名誉なことだ。

「寄騎も小頭衆も、大久保党から選《え》りすぐる。その辺は安心して任せて欲しい」

（こりゃ……彦左にとってよい話ではねェか）

「元より、それがしに異存はございません」

「ほうか。そう言ってくれてホッとしたわ」

元々茂兵衛隊は忠世の麾下《きか》にあったが、二年前の武田征伐以来、穴山衆と行動をともにすることが多かった。天正壬午の乱以降は、忠世は東信濃に、茂兵衛隊は浜松へとそれぞれ配置が離れていた。よって、忠世と彦左の兄弟も顔を合わす機会がなかったのだ。それがこの七ヶ月間、小諸城で同じ釜の飯を食う暮らしが続き、改めて忠世は、彦左の成長を認めたということだろう。

「あの臍曲《へそま》がりの悪餓鬼《わるがき》を、ようも一端《いっぱし》の武将に鍛えてくれた。茂兵衛、兄として上役として、心中より礼を申すぞ」

と、忠世が相好を崩した。団栗眼が細い線になった。

五

天正十二年（一五八四）二月初旬。家康は馬廻衆と茂兵衛の鉄砲隊のみを引き連れ、清洲へと向かった。浜松から清洲まで三十里（約百二十キロ）――ほぼ六日の行程である。

ただ、大河の渡渉《としょう》もないし、季節は二月（新暦の三月）で過ごし易い。頑張れば四、五日で着けるだろうが、家康は決して急ごうとはしなかった。

六十里を踏破した後、五日ほどしか休めていない茂兵衛たちには有難いことだ。ただ、家康は茂兵衛隊の疲れに配慮して、先を急がなかったわけではなかった。

浜松城では、本多平八郎と榊原康政が指揮を執り、すでに出陣準備を整えてしまっているのだ。主人として家康は「止めろ」と命じ得る立場にいたのだが、彼はそれをしなかった。徳川家内の空気を読むと、どうしてもできなかった。己が考えを通すこともできない当主――徳川家は図体が大きくなり過ぎたのだ。

信雄に非戦を説くつもりの家康には、憂鬱で気の重い今回の清洲行きとなった次第で、行軍速度が上がらないのはその所為だ。

岡崎《おかざき》からは、信長の頃から織田家との交渉を担当してきた次席家老の石川数正が一行に加わった。

「どうしたい？　浮かねェ面だな」

彦左に馬を寄せ、ひと声かけた。家康の隊列は、濃尾《のうび》平野を北西に向けてゆっくりと進んでいる。

「兄が槍大将にしてやるっていうから、本職の槍足軽を率いるのかと思えば、長柄隊だそうでね。些《いささ》か気落ちしております」

「贅沢《ぜいたく》抜かすな。おまんのようなたァけを足軽大将に据えていただくんだ。殿様と兄上に感謝せんかい」

「そりゃ感謝もしますけどね。長柄隊の足軽は皆素人ですから。十日前まで米や葱《ねぎ》作ってたような百姓連中をどうやって……」

「おう、百姓で悪かったなァ」

と、彦左の黒漆掛けの筋兜を掌《てのひら》でペチンと叩いた。

「お、お頭のことじゃありませんよ。大体あんた、百姓百姓おっしゃるけど、侍奉公して幾年になるんです？」

「ふん、二十年になるがや」

鉄砲大将と筆頭寄騎の掛け合いに聞き耳を立てていた周囲の足軽たちが、一斉に下卑た笑い声をあげた。

長柄隊——長柄ないしは長柄槍と呼ばれる二間半（約四・五メートル）から三間半もの長大な槍を備えた槍足軽部隊である。

この時代、槍足軽には二種類があった。

一間半（約二・七メートル）以下の丁寧な造りの持槍《もちやり》を持つ本職の槍足軽と、長大だが安物の長柄槍を持たされた臨時雇いの槍足軽である。

臨時雇いの足軽——これぞ本物の雑兵《ぞうひょう》である。多くは農民で、戦がある度に数合わせとして召集された。戦技や武術の心得はなく、本来、槍や刀を持たせても戦場では役に立たない存在だったのだ。

しかし、ここ三十年の間に、戦は変わった。雑兵が戦の趨勢を決するようになったのである。長柄を構え、横一列に並び、穂先を揃えひたすら前進する。敵から見れば巨大な剣山が進んでくるようなもので、鉄砲隊の斉射以外に防ぎようがない。

実際に敵と遭遇すれば、刺さずに、槍を振り上げて上から叩く。なにせ三間半もの材木で叩かれるのだ。まともに痛打されれば、鉄製の兜を被っていても首や背中の骨を痛めた。

長柄隊の要諦は二つしかない。「槍を構えて進む」「敵に遭ったら叩く」——それだけ。ほとんど心得を必要としないのだ。昨日今日、野良から引っ張ってこられた若者でも、お貸具足を着せ、陣笠を被らせ、長柄槍さえ持たせれば、十分に戦力となった。

どんなに勇猛な譜代衆がいて、名将が見事な采配を振るっても、鉄砲と長柄の数には太刀打ちできない。その数は、領地の広さや財力の多寡《たか》で決まる。勇者、豪傑、智将、名将の時代は終わりを告げ、政治力と経済力で勝敗が決する面白味のない時代——質から量の時代——が始まろうとしていた。

「長柄の槍大将なんてものは『進め、止まれ、叩け、退け』の四つの下知しか出さんのですからね。猿にもできますわ」

彦左の不満が分からぬではない。勝敗が質より量に左右されるようになってきたのだから、武将の采配に妙味がなくなるのも道理である。

ただ、実際にはそう単純なものではない。

例えば、長柄隊の強さの源泉は足軽たちの一糸乱れぬ行動にある。槍の穂先を揃えて前進するからこそ相手は困るのであって、もし臆病者やら粗忽者《そこつもの》が隊列を少しでも乱せば、そこを狙って敵の騎馬隊が突っ込んでくるだろう。馬に蹴散らされ隙間が開くと、その長柄隊はほとんど機能しなくなる。一人一人は心得も覚悟もない雑兵たちなのだ。態勢を立て直すとか、敵を追い返すなどの献身は期待できない。算を乱して逃げ出し、戦場には長柄大将と数名の寄騎だけが取り残されるのだ。

「そうならねェように、長柄大将は鬼になるんだ」

と、茂兵衛が真剣な表情で言った。

「どういうことです？」

「鉄砲隊や弓隊の足軽は、軽輩ながらも徳川の家臣だわ。仲間だわ。長く付き合うから、鉄砲大将や弓大将はおっかねェだけでは駄目だ。配下の足軽から信頼されねェといけねェ。この大将の言うことを聞いていれば生きて帰れるとな。でも、長柄大将と長柄足軽は、その戦のみの付き合いだ。信頼を勝ち得る暇はねェ。ならばおっかなさ一本で、恐怖一本で行け。逃げる奴、隊列を乱すたァけは容赦なく殺せ。見せしめに殺せ。敵に殺されるのも、お頭に殺されるのも同じだから、と思わせろ。それができるのがええ長柄大将だがや」

「………」

二十五歳の次期長柄大将が青褪《あおざ》めて、三十八歳の現鉄砲大将を見ている。

周囲の足軽たちも笑顔を忘れ、目を伏せて歩き始めた。

「古株の長柄大将の指揮ぶりを、手本にするんだな」

「はい」

これは八年間よく仕えてくれた彦左への餞別《せんべつ》の積もりである。それほど長柄大将とは非情な役職なのだ。もし、彦左が長柄隊を率いて武勲を挙げるとすれば、配下からとことん恐れられねばならない。

お頭が怖いから前に進もう、逃げないようにしよう。逃げたら、大久保様に殺される。配下の足軽にそう思い込ませることが肝要だ。そう思わせなければ、長柄大将は仕事にならんのだ。その非情な現実を正直に過不足なく彦左に伝え、認識させることが、今の自分の役目だと茂兵衛は考えていた。

「こらァ、植田ァ！」

百騎の馬廻衆に囲まれて先頭を進む家康の声だ。

「は、はいッ」

彦左の当世袖の辺りをポンと叩いてから雷の鐙を蹴った。それにしても、なぜ家康は茂兵衛を通り名では呼ばないのだろうか。

(平八郎、小平太、善四郎、左衛門尉、伯耆……俺だけ、いつまで経っても「植田」のまんまだ。それに大概、植田の前には「こらァ」がつく……ひょっとして俺、殿様から嫌われとるのかなァ)

「お呼びで！」

家康の傍らで雷の手綱を絞った。

「寄れ」

「はあ？」

「たァけ、馬を寄せろ！」

「はッ。では、御免」

と、一礼して雷を家康の馬に並べた。家康が茂兵衛の甲冑姿をマジマジと眺めている。

「おまん、陣羽織を持っておらんのか？」

そういう家康は、白の羅紗地《らしゃじ》に金糸銀糸《きんしぎんし》で鳥獣の刺繍を施した豪華な陣羽織を羽織っている。

「持って参ってはおりますが、戦場に赴く折には着用致しません」

「なぜ？」

「や、なまじ目立つと敵の弓鉄砲の的になりかねませぬゆえ」

周囲で聞き耳を立てていた馬廻衆から嘲笑が湧き起こった。名門の子弟で構成される家康側近たちだ。なにをやっても、言っても、出自が百姓の茂兵衛が好かれることはまずない。

「日頃から感じておることだが……おまん、どうして軍議の席で黙っておる？」

「や、それは別段……これと言って……」

思わず、ゴチャゴチャと口籠った。

「ワシにはお見通しじゃわ。おまん、平八が怖いのであろう？」

「そりゃ、ま、平八郎様はおっかねェです」

「どんなに怖くても、相手が間違っておれば、言うべきことはちゃんと伝えるのが、よき朋輩《ほうばい》というものではねェのか？」

「はい、それはそうだと思いまする」

「おまんは、秀吉と戦うことに反対だな？」

「や、そこは微妙でして……」

「では、鉄砲大将としてのおまんに訊く。鉄砲合戦でまともにやりあって、秀吉勢に勝てるか？」

「……」

「正直に申せ！」

「し、正直に……」

周囲を見回した。百騎の馬廻衆が茂兵衛を見ている。おそらく、彼らの多くは秀吉嫌いの主戦派だ。

「か、勝てませぬ！」

――と叫びたい衝動にかられた。しかし、もしここで本音を漏らせば、馬廻衆たちが吹聴し、平八郎や善四郎の耳にも入るだろう。そのことを茂兵衛は恐れた。

「それがしには……よく分かりませぬ」

そう答えると、家康の顔に落胆と軽蔑の色が浮んだ。

「ほうかい……行ってよし」

やっと解放され、慌てて雷の馬首を巡らせた。手綱を取った掌が、汗でグッショリと濡れていた。

六

信雄は、居城の伊勢長島城《ながしまじょう》から五千の軍勢を連れて清洲城に入っていた。もうこのまま戦を始められそうな陣立てだ。対する家康はわずか二百人――両者の立場の違いが、引き連れた人数の差に表れていた。

二年前に清洲会議が開かれたのと同じ大広間には、多くの床几《しょうぎ》が並べられ、巨大な絵地図が敷かれていた。まるで軍議の場だ。

茂兵衛は家康と石川に次いで着座した。背後に十人ほどの馬廻衆が座る。信雄主従はまだ現れない。家康主従はしばらく待つことにした。

名門の子弟で占められる馬廻衆より、家康の傍近くに座れるとは、隔世の感がある。かつて家康は茂兵衛を気に入り、馬廻衆に抜擢しようとしたのだ。しかし、出自の卑しい茂兵衛に周囲の反対と拒絶感が酷く、空気を読んだ家康は、起用を諦めた経緯がある。茂兵衛は、家康の側近となることはできなかったが、雑兵を率いることで、それなりに活躍している。結果、馬廻衆の面々より上座を占められたのだから、そこは素直に喜びたかった。

「遅いな」

と、家康が焦《じ》れて呟いた。

「植田よ」

石川数正が隣の床几に座った茂兵衛に小声で耳打ちした。よく通る、艶のある声だ。

「鉄砲隊の用意はできておるな？」

「はッ」

表情を消し、小声で答えた。

「火薬と弾はすでに装塡し、胴乱《どうらん》の中で火縄は燃えております。命ずれば、呼吸三つする間に発砲可能にございまする」

「うん。七郎右衛門（大久保忠世）から聞き及んでおろうが、この城から逃げ帰る仕儀となれば、おまんの鉄砲隊が殿軍《しんがり》を務めよ、ええな？」

「委細承知」

——つまり、死ねということだ。言いたいことは山とあるが、徳川の扶持《ふち》を食《は》んでいる以上仕方あるまい。ま、死ぬにしても、できる限り暴れてやる。

そこへ、信雄に率いられた三十名ほどの織田勢が物々しく入ってきた。徳川勢と対面する形で床几に腰を下ろした。信雄以下、全員が甲冑姿である。

「御本所様、御機嫌麗《うるわ》しゅう」

と、家康が慇懃《いんぎん》に頭を垂れた。

「三河守殿、本朝から義の一文字は廃れ申した。そこが口惜しく、何とも歯がゆうござる」

それ以降、堰《せき》を切ったように、いかに秀吉が悪辣な不忠者であるか、主家の簒《さん》奪者《だっしゃ》であるかを、信雄は滔々《とうとう》と述べ始めた。

（面ァ親父によう似とるわ。でも、噂の通り、頭の中ァ空っぽみてェだなァ）

茂兵衛は本能寺の変の前日に信長と会い、ほんの一言、二言だが言葉を交わしている。信長の、ほとんど修飾を用いない簡潔な言葉遣いは、だらだらと己が不平不満を並べ立てる信雄のそれとは対極にあるものと思われた。

（殿様も、つるむ相手を選ばにゃなァ。信長はおっかねェが、それなりに頼りになった。その点、この御仁はよ……疫病神なんじゃねェか？）

会談では主に、秀吉包囲網の票読みが行われた。要は、秀吉を封じ込め得るか否か、味方となりそうな勢力の分析である。

信雄は楽観的であった。

彼によれば、毛利輝元《てるもと》、池田恒興《いけだつねおき》、佐々成政《さっさなりまさ》、紀州《きしゅう》根来党《ねごろとう》、同雑賀党《さいかとう》、長宗我部元親《もとちか》、北条氏直が反秀吉側に立つのは確定的であり、そこに織田信雄と徳川家康が加われば——

「秀吉、恐れるに足らず」

——であるそうな。

信長の怜悧《れいり》さと現実感覚は、やはり倅には伝わらなかったようだ。

「お言葉ながら……」

石川数正が発言を求めた。

「毛利と池田は、当てにならぬのではございませぬか？」

毛利の外交僧である安国寺恵瓊《あんこくじえけい》が「毛利は秀吉に敵《かな》わぬ」と見て、小早川隆景《こばやかわたかかげ》の弟であり養子でもある小早川秀包《ひでかね》と、吉川元春《きっかわもとはる》の倅である吉川広家《ひろいえ》を秀吉に人質として差し出す約定を交わしたというのだ。

「なぜ、そのようなことを貴公が知っておられるのか？」

不機嫌になった信雄は石川を扇子《せんす》の先で指し、厳しく問い詰めた。他家の家老職に対し、極めて無礼な態度であろう。

「安国寺恵瓊殿よりの書状に認《したた》めてあり申した」

「なんと！　貴公は敵と文の遣り取りをしておるのか？」

と、信雄が床几から立ち上がった。

「恵瓊は毛利の家臣、反秀吉のお味方のはずではござらぬか？」

「………」

信長の倅が、悔しげに口を閉じ、床几に腰を下ろした。

「あるいは秀吉が恵瓊に『その旨、徳川にも伝えておけ』と命じたのやも知れませぬな」

「そのようなことを命じて、秀吉にいかなる得があると申すか？」

「勝負はすでについておる、と。無駄な戦は互いのためにならぬ、と……そのように伝えたかったのではありますまいか」

「しかし、根来や雑賀の僧兵どもは、秀吉の裏を突き、南から岸和田城《きしわだじょう》を攻める準備を万端整えておる。今さら後戻りはできぬ」

俯いた信雄が、ブツブツと呟くように愚痴を零した。

「まだ、遅くはござらん」

ここで家康が議論に割って入った。

「この石川が受け取った文の一件にござるが……秀吉は、我らに向かい両手を広げておるのではござらぬかな。『今ならまだ間に合うぞ。和睦《わぼく》の道は残されておるぞ』と」

茂兵衛は、家康の言葉を聞きながら、信雄自身の挙動よりも、麾下の武将たちの表情を盗み見ていた。今の石川や家康の言葉に、反発しているのか、それとも賛同しているのか、見極めたいと思ったからだ。

（どうだかな……誰も表情を見せねェ。まるで能面だわ）

彼らの主人は秀吉への遺恨を剝《む》き出しにしている。下手に日和見《ひよりみ》をすると、信雄の勘気を被《こうむ》りかねない。信雄は信長の血を引く男だ。家臣たちがもし、腹の底では「徳川の言う通りだ」と思っていても、危なくて本心を表に出せないのかも知れない。

「なににせよ、御本所様、軽挙妄動《けいきよもうどう》だけは厳に慎んで頂きたい」

信雄が顔を背けた。

「御本所様！」

家康に詰め寄られ、信雄は渋々頷いた。

第四章　小牧長久手《こまきながくて》の戦い

一

家康と信雄の清洲《きよす》会談を経て、天正《てんしよう》十二年（一五八四）の三月に入る頃までには、浜松城《はままつじよう》はほぼ、戦支度《いくさじたく》を終えていた。動機こそそれぞれ違うが、旗本先手役《はたもとさきてやく》の侍大将——本多平八郎、榊原康政、井伊直政の三人が、そろって対秀吉強硬論者なので、準備は迅速に進んだのだ。徳川勢の士気は極めて高い。

「これでいつでも出陣できるがね。腕が鳴るわい」

と、上機嫌の平八郎に曳馬宿《ひくまじゆく》際の屋敷に茂兵衛は招かれ、昼間からともに酒を酌み交わした。

「え、この書状を、平八郎様が？」

茂兵衛は、二通の書状を平八郎から手渡された。

「ま、酒席の座興よ。どうだ、上手く書けておろう？」

「や、見事なものにございまするな」

宛先は、丹波国《たんばのくに》の有力国衆《くにしゅう》である大槻久太郎《おおつききゅうたろう》と蘆田時直《あしだときなお》である。平八郎が家康の命を受け、一人コツコツと地道にやっている調略策の一環だ。内容的には「現有領地を安堵し、さらに新たな領地を与える」旨が認《したた》められていた。勿論、一朝事が起これば「徳川に味方し、秀吉の背後を突くこと」が恩賞の前提となる次第だ。

「祐筆《ゆうひつ》なぞワシは使わんぞ。ワシの書状はどれも自分で認める。やはり直筆の方が、こちらの真心が伝わるからのう」

「確かに、有難味が違いましょうなァ」

鍾馗《しょうき》の馬印の本多平八郎と言えば、武辺専一の印象も強いが、実は、なかなかの達筆なのである。茂兵衛と平八郎が出会った頃には、平八郎の文字は、まるで蚯蚓《みみず》がのたうったような印象だった。しかし、血のにじむような猛練習の結果、驚くほどに上達した。今や無学な茂兵衛が眺める分には、どこぞの高僧が認めた書と区別がつかぬほどの達筆である。

ちなみに、平八郎の頑張りに触発されて、当時足軽の茂兵衛も字を習った。平八郎の境地には及ぶべくもないが、恥をかかぬ程度の文字は一応書ける。これも平八郎の恩義の一つと茂兵衛は感謝している。

「その大槻何某《なにがし》らは、平八郎様の調略を受け入れる様子にございまするか？」

「さあなァ。よう分からん」

「返事は？」

「去年の暮れからズッと書状を出し続けておるが……返事は来ん」

「あ……左様で」

（平八郎様、そりゃ、駄目なんですよ……そもそも、秀吉みてェな野郎が、手前《てめ》ェの背後の丹波辺りを放っておくわけがねェ。どうせ「丹波一国を与える」とか大法螺《おおぼら》吹いて、味方に引き入れてるに違いないんだ）

家康は何故、策謀など不得手な平八郎に、丹波調略なぞという大役を任せたのだろうか。むしろ、そちらの方が謎だ。

（家康公は、平八郎様が失敗されることを見越した上で、大役を任されたのかも知れねェなァ。殿様、お人が悪いや）

調略に失敗した平八郎が、少しでも「秀吉と戦うことの不利」に気づいてくれればもっけの幸いと思ったのではあるまいか。

「こら茂兵衛、飲め、飲め。少なくとも明日の出陣はねェわ。もし明日でもよォ。鞍《くら》の上で眠ればええがや、ガハハハハ」

あまり効果はないようだが。

「では、飲みまするか」

上機嫌の平八郎が注いでくれた濁酒をグイと空《あ》けた。

平八郎と茂兵衛の話題は、対秀吉戦とその戦力分析へと移ろった。

「我ら浜松衆が四千を出す。左衛門尉《さえもんのじょう》殿の吉田《よしだ》衆が千五百、伯耆《ほうき》殿が率いられる岡崎《おかざき》衆が千五百、合わせて七千人が基幹となるな」

「そこに、駿河《するが》、甲斐《かい》、信濃《しなの》から三千……都合一万」

新領地三ヶ国は、一昨年の浅間山《あさまやま》の噴火、昨年の長雨の影響で疲弊《ひへい》しており、また占領地ならではの不安定さもあり、多くの兵を割《さ》くわけにはいかぬのだ。

「御本所様の御領地は、百万石と聞きまする。最低でも一万は連れてこられましょう」

「や、一万も出してきやせんわ。先様も手前ェの領地を守るのに人数が要るからのう。六、七千……下手をすれば五千。お味方はせいぜい一万五、六千よ」

信雄の領地は、尾張《おわり》、伊勢《いせ》、伊賀《いが》と東西に細長い。北方から秀吉勢に圧迫されると、長い国境《くにざかい》を守るのに多くの兵を割かねばならぬのだ。

「秀吉は、いかほど掻き集めて参りましょうか？」

「世の中、勝ち馬に乗りたい奴らばかりだからなァ。六万は下るまい」

「ざっと、四倍ですな」

「なに、所詮は寄合所帯よ。恐れるに足らん。それに北条氏直も四万じゃった。どうということたァねェわ」

と、不機嫌そうに盃《さかずき》を呷《あお》った。その苦虫を嚙《か》んだような顔つきは、北条の四万と秀吉の六万では、十倍も実力が違うと、平八郎自身が弁《わきま》えていることの証左であろう。

「そうそう……」

平八郎が、話を変えた。

「先日、おまんの親方に会って話をしたぞ」

茂兵衛の親方──大久保忠世のことであろう。

「七郎右衛門殿はさすがは知恵者じゃ。此度《こたび》の大戦《おおいくさ》、なにも我らは勝たぬでもええそうな。負けなければええんだと。戦には、勝ちでも負けでもねェ戦があるらしいのう。や、勉強になったわ」

「な、なるほど」

忠世は、平八郎以上に味方の不利を認識している。猪突猛進《ちょとつもうしん》型の平八郎や榊原康政が一か八かの無茶な戦をせぬよう、こうして知恵を授け、手綱を締めて回っているのだろう。

「茂兵衛の小父様」

廊下に平八郎の娘が畏《かしこ》まった。

於稲《おいね》は今年十二歳。平八郎の正妻である於久《おひさ》の方《かた》の長女である。とても美しく賢く、心優しい少女だが、なぜか、目つきだけが厳つい。鋭い。睨まれると、数百人の敵を殺してきた茂兵衛でさえ、つい身構えてしまう。

「他はなんでも母親に似たのに、なぜか目ん玉だけはワシに似よった……不憫《ふびん》なことよ」

酔った平八郎がつい言わずもがなのことを言う。

「父上、私そんなに不器量ですか？」

「や、不器量とは申しておらん。目が厳ついと申しておる」

「つまり、目が怖いと？」

「うん。怖い」

「そんなに？」

怖いと言われたその目に、薄《うっ》すらと涙が浮かんだ。

「ああ、怖いな」

「……まあまあまあ」

と、茂兵衛が慌てて父娘の間に割って入った。どこの世界に、娘の容貌を悪く言い募る父親がいようか。確かに於稲の目は厳つい。しかし事実なら何を言ってもいいわけではなかろう。

「稲姫様、薄紙の表と裏にござるよ。優しい目は、意志の弱い、情けない目とも言えるし、厳つい目は、キリリと強い心を示す目とも言えます」

「つまり小父様まで、私の目は怖いと仰るのね」

両眼を白魚のような指で押さえてしゃくり上げ始めた。

「え、いえ、あの……」

「たァけ。泣くな於稲……だから、おまんはいつも笑っておれと言っておろう。笑えば目は細うなるから、怖い黒目が見えんですむわ。あとは、子や孫のことを考え、優しい目をした亭主殿に嫁ぐことじゃ」

「は、はい……」

泣きながら頷いた——哀れである。

(優しい目をした亭主殿か……)

一人の青年のことを思い出していた。真田源三郎——背が高く、優しい目をしている。外見だけではない。内面も律義で心優しい男だ。源三郎は今年十九になる。十二歳の稲姫とならば歳の差は丁度いい。徳川の重臣《おとな》の長女と信濃の有力国衆の嫡男《ちゃくなん》、家同士の釣り合いも悪くなさそうだ。

(しかし、なにせ親父が表裏比興之者だからなァ。平八郎様が最も嫌う手合いだわ……真田と徳川がいつ反目するか分からんし……ま、ねェ話か)

真田昌幸、その才覚は誰もが認める武将ではあるが、信頼という点ではいまいち評判が宜しくない。

(源三郎様も源二郎様もともに、心がけのええ若者なのに、あの親父殿では、軽々しく仲人《なこうど》の口もきけんわなァ)

親の因果が子に報い——茂兵衛も人の親として、他山の石とせねばなるまい。

二

天正十二年（一五八四）三月六日。毛利と秀吉が和睦《わぼく》を結んだ。安国寺恵瓊が石川数正に宛てた文の通りの結果となった。

その報せが、二日遅れで浜松の家康の居室にもたらされた折、当初、家康は安堵の表情を見せ、知恵袋である二人の家老に微笑《ほほえ》みかけた。

「これで秀吉包囲網は崩れた。ま、さすがの御本所様も秀吉と戦うとはもう言いだされんじゃろ」

「御意ッ」

両家老が笑顔で平伏した。

「しかし、当家の内部は如何《いかが》？　平八郎や小平太は収まりましょうか？」

石川が不安げに質《ただ》した。傍らで酒井忠次が深く頷いている。

「や、ワシはむしろ和睦を言い出し易うなったと思うとる。平八郎たち主戦派は毛利を味方の勘定に入れ、心の内で期待を寄せておったろうからな」

家康としては、毛利と秀吉の和睦を例にとり、形勢の不利を説き、天下を敵に回すことになると脅し、一気に家内の対秀吉強硬論を封じ込める目論見だ。

「ま、裏庭の虎退治はワシに任せておけ」

と、家康が家老たちに囁《ささや》き、秀吉と毛利に和睦成立の祝儀を贈る相談を始めたその矢先、使番《つかいばん》が転がるように駆け込んできて控えた。

「申し上げまする。伊勢の長島《ながしま》にて一大事が出来《しゅったい》いたしました」

「御本所様であろう。なんぞやらかしたか？」

虫の報せでもあったのか、家康は信雄を名指しした。

そう、信雄はやらかしたのである。

秀吉と毛利が和睦したのと同じ三月六日——長島城内で信雄は、秀吉との和解を強く勧める三人の家老（岡田重孝《おかだしげたか》、津川義冬《つがわよしふゆ》、浅井長時《あざいながとき》）を、次々と誅殺《ちゅうさつ》してしまったという。

「さ、三人とも殺したのか？」

「御意ッ」

「あんの、大たァけが！」

家康が褥《しとね》を蹴って立ち上がった。

おそらく、信雄に綿密な計算などはなかったはずだ。秀吉に対する憤《いきどお》り、不満が抑えきれなくなり爆発したのに相違ない。その怒りの矛先が、秀吉との和睦を求める家老たちに向かった——やはり信雄は正真正銘、その性格面においてのみ魔王信長の血を濃厚に受け継いでいた。

「ど、どうする？　どうしよう？」

二人の家老に向けた家康の目が泳いでいる。天才、英雄とまでは言いきれないまでも、意志力、行動力、知恵、愛嬌、悪運——すべてに高い能力を示す家康だ。しかし、変事に動転し、ほんのしばらくの間だが周章狼狽《しゅうしょうろうばい》し、我を忘れてしまうところだけは頂けない。

「秀吉めは……」

酒井が、声を潜めて呟《つぶや》いた。

「これを奇禍《きか》として『信雄、討つべし』との大号令を麾下《きか》の大名たちに発しましょうな」

「や、左衛門尉殿、『信雄、討つべし』ではござらん。むしろ『徳川、討つべし』にござろう。そこが怖い」

そう吐き捨てた石川を、爪を噛み始めた家康が扇子《せんす》の先で指した。まるで「その通りじゃ」とでも言いたげな仕草である。石川は体をわずかにずらし、家康に向き直った。

「いっそのこと、今回の不始末を理由に、御本所様との同盟を解消し、秀吉への和睦へと動かれては如何？」

「そうもいかん。信雄殿と手切れをして単独で和睦を申し入れてみよ、秀吉に足元を見られるわ」

正気を取り戻した家康が爪を嚙むのを止め、呻《うめ》くように答えた。

「秀吉が潰したいのは信雄殿ではねェ。このワシよ。家康よ。秀吉に和睦の申し入れを蹴られたらどうする？　信雄殿との間にはすでに亀裂が入っておるぞ。徳川単独で天下を相手にすることになりかねん。そもそも単独講和など、徳川の家中が収まらんわ」

「では、秀吉と一戦致されまするか？」

酒井の問いかけに、家康はしばらく間を置き、やがて溜息混じりに呟いた。

「先日来、七郎右衛門（忠世）が口うるさく申しておった『勝てないまでも、負けない戦』をやるしかあるまいよ」

「御意ッ」

二人の家老が、揃って平伏した。

この凶事を受けた浜松城内での軍議でも、やはり主戦論が大勢を占めた。天正壬午《じんご》の乱の最終局面で、北条氏直が率いる四万からの大軍を、わずか一万五千で徳川勢は退けた。黒駒《くろこま》合戦を含めたその折の成功例が自信、乃至は過信に繋がっているのは間違いあるまい。

さらには、秀吉を討つことに大義があるとの論陣を張る者もいた。三男信孝を死に追いやり、今また次男信雄と戦おうとする秀吉は、明らかに織田家への謀反人である。織田家の同盟者としての徳川の義は、信雄を助けることにあるはずだ——との論調は極めて分かり易く、説得力があった。また、義の一文字を掲げることで三河《みかわ》衆の道義心に訴えられた。

どの好戦的な意見にも、最前列に陣取った平八郎と小平太、井伊直政の三豪傑が大きく頷き、周囲を睥睨《へいげい》して反論を封じ込めるので、茂兵衛を含めた慎重論者は俯《うつむ》かざるを得ない。評定の結論は見えていた。

家康は軍議の趨勢《すうせい》を主戦論が圧倒するのを見定めた上で、開戦を宣言した。

「やるからには、早い方がええ。敵より早う陣取りして地の利を得たい。明朝には出陣する。今宵は寝ないで支度せえ。明日、行軍しながら眠ればええ」

立ち上がった家康が、そう檄《げき》を飛ばすと、三河衆の間からは地響きとも、海鳴りとも聞こえるような、低く力強い唸り声が湧き起こった。明らかに、浜松城の戦意は高揚していた。

翌三月九日。家康は五ヶ国から掻き集めた兵七千を率いて、浜松城の大手門を潜った。

すでに出陣準備は万端整っていたとはいえ、軍議が散会してからまだ六刻（約十二時間）しか経っていない。その迅速さが、三河衆の士気の高さを物語っていた。無論、茂兵衛と寄騎たちは一睡もしていない。今年の正月で三十八歳になった茂兵衛には若干応える。

途中、吉田城と岡崎城からの兵三千が加わり、これで総勢が一万。

同十三日、家康は清洲城に入り、信雄の重臣である天野雄光《あまのかつみつ》以下の熱烈な歓迎を受けたが、この時点で信雄はまだ伊勢長島の居城にいた。秀吉側の陽動や牽制が相次ぎ、本国を離れられなかったのだ。

さらに同日、織田家譜代の家臣である大垣城主《おおがきじょうしゅ》の池田恒興が、信雄の家臣中川定成《なかがわさだなり》が城代を務める犬山城《いぬやまじょう》を占拠し、秀吉側へと寝返ったのだ。なんでも秀吉は恒興に「戦勝の暁には、尾張一国を与える」との約定を与えたらしい。随分と太っ腹なことだが、それだけ秀吉は信雄の領国である尾張国内に拠点を欲していたし、織田家譜代衆の寝返りを望んでいた——序盤戦、秀吉側が巧妙に機先を制した形である。

清洲城の二里半（約十キロ）北東に、小牧山という比高二十丈（約六十メートル）ほどのなだらかな小山がある。濃尾《のうび》平野の中央にポツネンと、まるで大海に浮かぶ孤島のように佇んでいた。当然、四方に眺望がよく利く。少なくとも二里四方の軍勢の動きが手に取るように分かった。しかも、信雄の領地である伊勢へも、家康の領地の三河へも移動がし易い。かつて小牧山には、信長が四年間ほど居城を置いていた。今は打ち捨てられているが、家康はここの戦略的価値に目をつけた。

「秀吉に先手を打たれて犬山城を押さえられた。ならば我らは、小牧山を押さえましょうぞ」

「しかし、あそこは廃墟で、今はもう何もござらんが」

と、不安げな天野を後目《しりめ》に、家康は三月十五日、ほぼ全軍を小牧山へと移動させた。

信長が小牧山城を去ってから、十七年の歳月が流れていた。なだらかな山腹には草木が生い茂っていたが、石垣や曲輪《くるわ》などはまだ十分使用に耐えそうだ。家康は、石垣の補修、曲輪の整備、堀を深くし柵を立てる普請を短期間で終えるよう麾下の諸将に命じた。

翌十六日の早朝。家康は、茂兵衛が属する大久保忠世隊を、小牧山のさらに北東半里（約二キロ）にまで進出させ、小牧山城の修復が完成する前に敵襲を受けぬよう、防衛線を敷かせた。三里北東には敵の拠点である犬山城がある。いつ襲撃を受けてもおかしくはない。

「お頭《かしら》、兵たちに空壕でも掘らせますか？」

朝靄の中、彦左が茂兵衛に訊いた。茂兵衛の鉄砲隊は、枯れ薄《すすき》が生い茂り、松の疎林が点在する荒地の中に、北の方角を向いて三列横隊で布陣している。

「や、ええわ。草茫々《ぼうぼう》で見通しは悪いし、こんな平地ではどうせ支えきれんだろう。敵が出たら一発二発浴びせかけ、後はさっさと大久保隊の本陣まで退く。だから空壕も柵も要らん」

「承知」

彦左と同じ隊で戦うのもこれが最後になるだろう。この戦役が終われば、茂兵衛の筆頭寄騎は長柄《ながえ》大将への昇格が決まっているのだ。

（でもよォ。嫁取りや昇進を目前に控えると、なぜか流れ弾に当たるとよく聞く。世の中、とことん皮肉にできとるからなァ……ま、今回だけは、彦左は後方に置き、前に出さんようにしておくとするか）

「さくら」

急に目前の草叢《くさむら》の陰から、押し殺したような声が響いた。茂兵衛隊は緊張し、用心のため常に発砲準備を整えている十挺の鉄砲が、声に銃口を向けた。

「もみじ」

わずかに腰を落とし、刀の柄に手をかけた彦左がそう応えると、頬被りに野良着姿の若い男が、藪の中からゆっくりと姿を現した。鉄砲隊の前に不用意に飛び出すと、蜂の巣にされかねない。ちなみに「さくら」と問いかけて「もみじ」と応じるのが、本日の合言葉である。この目つきの鋭い若者はおそらく、忠世が北方へ向けて放った乱破《らっぱ》の一人なのであろう。

「芝見《しばみ》か？」

茂兵衛が問いかけると、若者は黙って頷いた。芝見は草屈《くさかまり》と同義だ。足軽や乱破など下級の者による斥候任務を指す。対して物見は、士分による斥候を指す。

「どこへ参る？」

「大久保様の御本陣へ戻る途中、方角を見失いました」

「大久保様の甲冑《かっちゅう》の色は？」

「黒漆。黄金の龍が……この辺に」

と、己が胸の辺りを触った。

（合言葉も知っとったし……ま、大丈夫だら）

「富士之介、おまん、案内してやれ」

「はッ」

大男が機敏に進み出て、頬被りの若者を促し、忠世の本陣の方角へと消えた。

忠世は盛んに乱破を北へ向け放っている。丈余の枯草が生い茂っており、まったく見通しが利かない。東方に見える山塊と背後に見える小牧山の位置関係で、辛うじて居場所を認識している状態だ。指揮官としては、藪の彼方《かなた》、ほんの数町先に敵の奇襲隊が身を隠しているような不安に駆られ、つい人を出してしまうのだろう。

「ここはいかにも場所が悪い。せめて半町（約五十五メートル）先まで見通せる場所に陣を移そう。松が生えとる場所がええ。彦左、すまんが……」

「承知」

と、走り出そうとする筆頭寄騎を呼び止めた。

「や、おまんはここにおれ」

「はあ？」

(長柄大将は目前なんだ。彦左に危ないことはさせられんわな。さりとて辰蔵も駄目だ。奴を死なせたら松之助がてて無し子になっちまう。花井はたァけだし、ここはひとつ……)

「左馬之助」

「はッ」

「槍足軽二人連れて、陣を敷くのにええ場所を探してこい」

「承知」

(あ〜あ、やっちまったァ。情実絡みで危ない役目を振られる配下はたまったもんじゃねェわ。左馬之助、勘弁しろよ)

そうこうするうち、富士之介が兜武者《かぶとむしゃ》一人を連れて戻ってきた。侍は、茂兵衛の前に片膝を突いて畏まった。小諸《こもろ》城内で幾度も見た顔で、多分大久保家の郎党だ。

「敵方の羽黒砦《はぐろとりで》に動きがあるそうにございまする」

最前の乱破の報告なのであろう。

「植田様の組より物見を出すようにと、主人七郎右衛門（忠世）が申しておりまする」

「承知した」

羽黒砦は、小牧山の北東二里（約八キロ）弱の地点にある。秀吉側についた池田恒興が本陣を置く犬山城と、織田徳川連合軍が本陣を置こうとして普請中の小牧山城の間に位置している。秀吉側の最前線拠点といった位置づけだ。

その敵の拠点に接近せねばならない。かなり危険な役目である。

（さて、誰を遣るか……彦左は駄目。辰蔵も駄目。花井はたァけで、左馬之助はおらん……なんだ、俺しかいねェのかい）

「彦左、物見は俺が行く。左馬之助が戻ったら、おまんが指揮して陣を移せ」

「なにも、お頭が行かれんでもええでしょう」

「や、羽黒砦は要衝だら。一度自分の目で見ておきたい。ええか、この深い草叢の中で迷うのが一番怖《こ》ェ。東の山と背後の小牧山が見える方向を確認しながら慎重に動け。後は、松の枝ぶりを覚えておくのも役にたつな」

「委細承知」

彦左は、少し苛つきながら頷いた。最後の松の枝ぶり云々の件《くだり》は言わずもがなであった。彦左なら、その程度の知恵は十分に回るわけだし、後のことは任せておけばいい。頼りになる三人の寄騎の邪魔にならぬよう、花井は連れて行くことにした。

「花井、伍助、仁吉、三人は俺についてこい」

と、愛用の笹刃の槍を摑み、北を目指して歩き出した。

三

半刻（約一時間）ほど藪の中を早足で進むと、急に視界が開け、田圃《たんぼ》が広がった。田園の中を小川が貫流しており、向こう岸には、屋敷林に囲まれた城館が見て取れた。三町（約三百二十七メートル）ほど離れている。城館と言っても、少し土を盛り上げている程度で「土豪の屋敷」といった風情の慎ましやかなものだ。四人は草叢に身を伏せ、様子を窺うことにした。

「あれが羽黒砦でしょうか？」

「知らんがや。俺も初めてくる土地だがね」

花井の間の抜けた問いかけに、茂兵衛は苛つきながら小声で答えた。

（花井の馬鹿、結局色々威《いろいろおどし》か……親孝行なこったァ。ま、手前ェ《てめ》で決めたんだ。後は知らねェわ）

ここで茂兵衛は、昨夜の小牧山での軍議で「羽黒砦は本来、古《いにしえ》の巨大墳墓を利用して築かれた梶原《かじわら》氏の居館」との説明を受けたことを思い出した。

（そう言われてみれば、このだだっ広い平野に、急にこんもりと盛り上がった土饅頭だ……昔の豪族の墓と言われりゃ、確かにそうも見える。つまりあれが羽黒砦ってわけか）

城館からはさかんに馬の嘶《いなな》きが聞こえてくる。一頭二頭の声ではない。軍馬だろうか。

「俺ァもう少し近づいてみるわ。伍助はついてこい。花井と仁吉はここで待て。半刻（約一時間）経って戻らなければ、帰って彦左に報告しろ」

槍と兜、面頬《めんぼお》と喉垂《たれ》を仁吉に預けて身軽になった。伍助を促し、浅い小川を渡り始めた。

竹藪や繁みを利用し、城館に接近してみて驚いた。屋敷林に隠れて分からなかったが、敵の数は意外に多い。数千人規模の軍勢が駐屯しているのではないか。土塁の内側には夥《おびただ》しい数の幟旗《のぼりばた》が棚引いている。どれも鶴丸——鶴が円《まる》く翼を広げた図案——の家紋だ。

城郭に入りきれない足軽たちが、周囲に溢れて三々五々屯《たむろ》していた。小屋掛けを準備し始めている足軽たちもおり、多くが笠や具足《ぐそく》すら脱いでいない。総じて、疲労しているように見えた。

（鶴丸？　はてさて、どこの家紋だったか？　犬山城を押さえた池田恒興の家紋は確か、揚羽蝶《あげはちょう》だったなァ）

敵側、味方側の家紋を、可能な限り覚えておくことが、戦場で生き延びる心得である。

（犬山城はすぐそこだ。ま、池田の家来筋ってところだろう。数は……二千、否、三千はおるなァ）

「誰だ？」

急に背後から声がかかった。振り向けば、大柄な兜武者に率いられた十名ほどの槍足軽の一隊である。全員が鶴丸の幟を背負っている。茂兵衛の背筋を冷汗が流れ落ちた。

（ま、ここはハッタリで切り抜けるしかあるめェな）

「あ、これは見回りご苦労にござる」

埃を払いながら悠然と立ち上がり、笑顔を見せた。心中では必死に思案を巡らせている。

敵から「誰か？」と問われたのだから、家中を告げねば収まるまい。

（どこの家にするか？　こいつらは多分池田衆だ。この辺でうろついてる池田家以外の秀吉側の大名……ほうだ、兼山城《かねやまじょう》の森長可《もりながよし》あたりなら丁度ええだろう）

森家は、古くからの織田家譜代の家臣だ。長可は勇猛で名を馳《は》せ「鬼武蔵《むさし》」と呼ばれている。その愛槍には「人間武骨」と彫り込んであるそうな。

「それがし、森武蔵守長可が家臣、植田茂兵衛と申しまする」

と、胸を張って宣言した。どうせ嘘をつくなら、堂々とつき通すことが肝心である。

「ほう、森家の……」

面頬の奥で、兜武者の目が少し笑ったようだ。よかった。秀吉方の味方と勘違いしてくれたのだろう。

「その森家の御仁が、このような場所で何をしておられる？」

「主人武蔵守から申しつかり、小牧山界隈《かいわい》の物見に出ましたが、この草叢の中、道に迷いましてな」

「嘘をつけ！」

兜武者が低く抑えた声で吼《ほ》えた。

「え？　これはしたり。なにを根拠に嘘だなぞと……」

ここでふと、足軽の背ではためく鶴丸紋の幟旗が目に入り、あることを思い出したのだ。

（おいおいおい。鶴丸って……確か、森家の家紋じゃなかったかァ）

「貴様なんぞ、兼山城内で見たこともないわ！」

「と、いうことは？」

「たわけェ！　ワシらは森家の家臣じゃ！」

その言葉に、足軽たちが一斉に槍を構えた。

「伍助！」

「はッ」

「逃げるぞ！」

言うが早いか、脱兎の如く駆け出した。

「待てや、曲者《くせもの》！」

森家の一隊が後を追ってくる。

（たァけ、待てるかい！）

走りながら記憶を手繰り寄せた。敵の得物は全員が持槍で、飛道具はなかったはずだ。背後から撃たれる心配はない。しかも、茂兵衛と伍助は槍や兜を身に着けておらず手ぶらで走っている。対する相手は、それぞれ一貫（三・七五キロ）もの槍を手にしているのだ。兜は重いし、鉄笠も風を孕《はら》むと走り難《にく》い。これなら断然、茂兵衛たちの方が速い。逃げ切れる。ただ、繰り返すが今年茂兵衛は三十八――長い距離は走れそうにない。

（なァに……川を渡って草叢に飛び込めば、もう追ってはこねェわ）

その小川を渡り、待っていた花井と仁吉を急《せ》かせて草叢の中を駆け出した。

「お、お、お頭ァ如何されましたかァ」

花井が青い顔をして追ってくる。

「うるせェ。黙って走れ！」

後方を窺えば、森勢はすでに追跡を諦めている。茂兵衛は、喘鳴《ぜんめい》とともに安堵の吐息を漏らした。

「足を止めるな。死ぬ気で走れ！　やつら仲間を連れて追ってくるぞ」

と、花井らを脅かしつつ、半刻（約一時間）かけてきた道を、帰りはわずか四半刻で戻った。

事の次第を忠世に報告すると、さすがに団栗眼《どんぐりまなこ》を見開いて顔色を変えた。

わずか一里半（約六キロ）北方に、三千の敵兵が集結している。しかも、鬼武蔵の異名をとる荒武者が大将だという。

「おそらく……森勢は本日の昼前後、羽黒砦に入ったばかりかと思われまする」

茂兵衛が、息も絶え絶えに、喘ぎながら報告した。

「なぜ、そう思う？」

忠世が厳しい声で質した。

「足軽たちが小屋掛けの準備を初めておりましたが、具足は着けたままにございましたゆえ」

「おまん、森勢に見られたか？」

「申し訳ございません。誰何《すいか》され、逃げて参りました」

「相分かった。ワシは殿に報告して参る。茂兵衛以下の各物頭《ものがしら》は、この場にて敵襲に備えよ。ここより敵を一歩も小牧山に近づけるな」

それだけ言い残すと、忠世はあたふたと馬に飛び乗り、南西半里に望まれる小牧山を目指して駆け去った。

残された茂兵衛は、善四郎と長柄隊の足軽大将衆を呼び集め、話し合って、それぞれの分担を決めた。強力な飛道具を有する茂兵衛隊と善四郎隊が中央部に布陣し、機動力のある長柄隊が四百ずつ左右に展開した。配置が決まると、その後は空壕を穿《うが》ち、掻き出した土砂を積み上げて土塁となし、簡易な野戦陣地を構築、敵の来襲に備えた上で、小牧山からの次の下知を待つことにした。

日が暮れ、夜が更け、十六夜月《いざよいづき》が中天にかかった子《ね》の下刻（午前零時頃）、背後より大軍が進む気配が伝わってきた。敵側にこそ、芝見の足軽を十数名出しているが、背後への警戒は薄い。「すわ、敵が後ろに回り込んだか？」と慌てたのだが――大軍の正体は、酒井忠次に率いられた別動隊四千人であることがすぐに判明した。今後、茂兵衛たちの大久保隊も酒井の指揮下に入り、総勢五千人で羽黒砦へ夜討ちをかけるらしい。

（ほう、いきなり夜討ちか……殿様、果敢だねェ）

茂兵衛は、雷の鞍によじ上りながら、家康の旺盛な「やる気」を感じていた。

茂兵衛の報告を聞いた忠世が、羽黒砦の一件を家康に伝えたのは酉《とり》の上刻（午後五時頃）前後だろう。そこから計略を練り、決断し、小牧山で土木普請をしていた四千人の男たちに戦支度をさせ、出陣させるのに、わずか三刻（約六時間）ほどしかかかっていない。しかも夜襲となれば、静謐《せいひつ》を旨とせねばならぬから、馬には枚《ばい》を食《は》ませ、武者の草摺《くさずり》を縛り、合印を準備する必要もある。家康と重臣たちのやる気が伝わった。

（朝から森勢は、兼山から羽黒まで五里や六里は歩いたはずだ。昼頃に着いて、足軽衆は小屋掛けを始めていた。奴ら、今夜は羽黒砦で眠る……そこを突くのは妙手だがや）

茂兵衛が見回りの一隊に見咎められたのはまずかったが、それでも、信雄と秀吉は知らないが、秀吉と家康の戦は、正式にはまだ始まっていないのだ。多少は警戒を強めるだろうが、いきなり五千人が夜討ちを仕掛けてくるとは思うまい。

見れば、隊列の前方から千人ほどの一団が離れ、右手の小高くなっている暗い森へと入って行った。月明かりで幟旗の家紋を透かして見ると、重《かさ》ね扇《おうぎ》――深溝松平家の隊だ。

（家忠様、迂回なさるのか？　中入りか？）

思えば、深溝松平家と茂兵衛は因縁が深い。初陣の三河一向一揆で、夏目次郎左衛門の足軽として野場城《のばじょう》に籠った折、茂兵衛たちの主敵となったのが深溝松平家だった。先代の伊忠《これただ》が長篠《ながしの》で討死した折には、茂兵衛が死に目に立ち会っている。当代の家忠は、善四郎と一つ違いで仲が良く、その伝手《つて》で幾度か酒席に招かれたこともある。「日記を書くのだけが生き甲斐」と笑われたりもするが、物静かで知的な若者だ。

「こらァ、待たんかァ」

粛々と進む隊列の先頭辺りから、数名の怒号が響いてきた。

「なんだら？」

茂兵衛たちは奇襲隊である。私語や物音は慎むよう厳しく命じられている。怒号を発するのはよほどのことだ。

「拙者、見て参りましょうか？」

傍らで馬を進めていた辰蔵が茂兵衛に訊いた。「辰か……」と一瞬、躊躇《ためら》ったが「ま、大した危険もあるまい」と判断し、それを許した。

（いかんなァ。辰と彦左にはどうも危ねェことはさせられねェ。花井は使えねェとなりゃ、あとは左馬之助を酷使しちまいそうだ。こんな情実で判断が左右されるようじゃ、俺ァ足軽大将失格だよなァ）

怒号の出所は、先鋒を務める奥平信昌隊であった。敵の芝見らしい足軽数名と遭遇したそうだ。後を追ったが、北方へと逃げ去ったという。

「御家老様（酒井）は、『これで奇襲とはいかなくなった。敵は待ち構えておるから心してかかれ』との仰せでした」

と、戻ってきた辰蔵が復命した。

茂兵衛は雷の鞍上《あんじょう》で背後を振り返り、十六夜月に照らされて静まる小牧山の位置を確認した。

（もう大分来とるわ。後、四半刻（約三十分）もあれば羽黒砦に着く。芝見の報告を受けても、奴ら大した戦支度はできめェ。なに、やれるさ。やっつけてやる！　出鼻を挫《くじ》いて、秀吉の野郎に吠《ほ》え面《づら》かかせてやる）

ほんの数日前まで、秀吉との戦に懐疑的だった茂兵衛だが、いざ合戦を目前にすると、武人の血が騒ぎに騒いだ。こうして正気を失い、気狂いでもせねば、人など安易に殺せるものではない。

四

三月十七日未明。

薄明かりの中、俄《にわか》に前方で多数の銃声が轟き、鬨《とき》の声が上がった。双方の先鋒同士がぶつかったようだ。数千人規模の陣立てになるとよくあることだが、先頭で何が起こっているのか、後方の兵たちには皆目分からない。

茂兵衛は背後を振り返り、再度小牧山の位置を確認した。

(羽黒砦はまだ少し先だ。もうこの辺りで鉢合わせたってことは……鬼武蔵の野郎、砦を出て待ち構えていやがったなァ)

茂兵衛の読みより、敵の動きは機敏だったようだ。かくの如く、戦場では多くの場合、予想は悪い方に外れる。

「鉄砲隊、三列横隊!」

彦左が馬を輪乗りしながら頭上で拳を振り回し、足軽たちを統率した。もしこのまま乱戦になった場合、散り散りになった鉄砲足軽ほど無力なものはない。一発撃った後は、早くても十呼吸の間、彼らはまったく無力化するのだから。槍や刀の餌食《えじき》となり鉄砲を奪われるのがおちだ。

その意味で、鉄砲隊を整列させ、組織化しようとする彦左の判断は正しかった。しかし、先鋒同士の戦いの旗色は、どうも徳川に芳しくないようだ。森勢に押された多くの味方が逃げ戻ってきて、鉄砲隊の隊列をかき乱した。

「おい甚十郎《じんじゅうろう》、前はどうなっとる？」

茂兵衛は、前方から逃げてきた顔見知りの騎馬武者を捉まえて質した。

「奴ら、松林から急に押し出してきおって……鬼武蔵が先頭に立って突っ込んで来たんですわ。奥平隊は崩れかかっとる」

「鬼武蔵の装束は？」

茂兵衛の鉄砲隊が、敵将を狙撃する機会があるやも知れない。

「ああ、それなら遠目にもよう分かり申す。でかい黄金の龍が兜の上でとぐろを巻いとるから」

「と、とぐろ？　なんじゃそりゃ？」

「なにしろよう目立ちます。植田様、すまんが拙者は逃げますよ。ここは鉄砲隊も退いた方がええ」

そう言い残して騎馬武者は鐙《あぶみ》を蹴った。

「彦左、右手に松林が見えるだろう。俺と左馬之助が槍隊を率いて援護するから、辰蔵と二人で林の中に放列を敷け」

「承知」

茂兵衛の鉄砲隊は、物頭一人、鉄砲五十、鉄砲足軽小頭《こがしら》五、護衛の槍足軽が四十、槍足軽小頭四、騎乗の寄騎が四人の都合百四名の構成だ。乱戦に弱い鉄砲足軽が疎林の中に逃げ込むまで、茂兵衛と左馬之助が四十人の槍足軽を率いて、敵を牽制した。

「左馬之助、もうええぞ。松林まで退け!」

「承知!」

敵徒士《かち》武者を馬上から槍で殴り倒した左馬之助が、こちらを向き、手を上げて応じた。

雷の手綱を捌《さば》いて疎林に駆け込むと、すでに彦左と辰蔵が鉄砲隊を二列横隊に整列させていた。

「彦左、辰蔵、ようやった。あとは各自、目立つ敵の騎馬武者を狙って撃たせろ」

「承知」

辰蔵の後方に隠れるようにして佇む花井と目が合った。面頬の奥の目が、怯えているように見えた。相変わらず、よく目立つ色々威の具足を着用している。

「左馬之助、槍隊を林の前面に展開させろ。頭を低くさせろよ。味方の鉄砲に撃たれるぞ。敵を林に近寄らせるな」

彼方では、敵味方入り乱れての乱戦となっている。林の中とて安全ではない。

「はッ」

茂兵衛に一礼して、左馬之助が機敏に駆け去った。

（お、あれは！）

戦塵の中、ひと際大柄な騎馬武者が、十文字槍を振り回し、徳川勢を蹴散らしているのが見えた。

その兜の立物は——巨大な黄金の龍がとぐろを巻く頭立《ずだて》——森武蔵守長可に相違ない。

「彦左、小栗金吾を呼べ！　鉄砲を持ってこさせろ」

小栗は、小頭として十名の鉄砲足軽を束ねる身だが、彼自身も相当な鉄砲名人である。もし鬼武蔵を狙撃し討ち取れれば、戦局は一気に好転するはずだ。

ただし、鬼武蔵までは距離がある。およそ一町（約百九メートル）は離れているだろう。

「お呼びで」

小太りな徒士武者が、雷の傍らで茂兵衛を見上げた。その声はすでにかすれている。配下の足軽を怒鳴り続けていた証《あかし》だ。

「俺の組に狭間筒《はざまづつ》はあるのか？」

「いえ、五十挺すべて六匁筒《ろくもんめづつ》であります」

かすれ声が答えた。

（だよな……糞ッ）

重さ六匁（約二十三グラム）の鉛弾を撃ち出す六匁筒は、頑丈な南蛮胴《なんばんどう》をも撃ち抜く威力だが、狙って当てる分には半町（約五十五メートル）が精々だ。それが狭間筒になると、一町（約百九メートル）程度の有効射程がある。夏目次郎左衛門の郎党で茂兵衛によくしてくれた大久保四郎九郎《しろうくろう》などは、一町半先の兎を射ち抜いた。

ただし、狭間筒は長く、かつ重い。六匁筒が長さ四尺（約百二十センチ）強で重さ一貫（三・七五キロ）弱なのに対し、狭間筒は長さ一間（約一・八メートル）以上で重さが三貫もある。とても担いで戦場を駆けまわれる代物ではなく、主に攻城戦や籠城戦での狙撃に使われた。

「小栗、松林の手前だァ。龍の兜の騎馬武者が見えるか？」

と、鬼武蔵を指し示した。

「はい。猩々緋《しょうじょうひ》の陣羽織にございまするな」

「あれが、鬼武蔵よ」

「ほう、あれが……」

龍神の兜に鮮やかな緋色の陣羽織、十文字の槍――特徴ばかりだ。ここまで派手だと目立つ云々の前に「来るなら来い」と相手を威嚇しているようにも見える。鬼と仇名されるほどだ。よほど腕に覚えがあるのだろう。事実、彼一人の圧力で徳川勢はズルズルと後退している。

「おまん、鬼武蔵を狙撃しろ」

「距離がございます。一町以上もある」

「そこは俺に任せとけ」

雷を乗り捨て、小柄な小栗の肩を抱くようにして駆け出した。後に富士之介と伍助、三人の小者――五人の家来が槍を構えて続いた。や、もう一人走ってついてくる――花井庄右衛門だ。やはり馬を下り、細身の直槍《すぐやり》を手に駆けてくる。走る度に色々威の草摺や当世袖《とうせいそで》が、ヒラヒラと花弁《はなびら》のように舞った。

(なんで花井がついてくる？　目立つがや。この大事なときに……野郎は下駄の雪か！)

と、内心では吼えたが、勝手について来ているものをどうしようもない。世話を焼くまでもないだろう。死のうがどうしようが知らないことだ。放っておこうと心に決めた。

乱戦の中、茂兵衛は足を止めた。大暴れしている鬼武蔵まで距離半町(約五十五メートル)だ。

「おい、ここなら、当たるな？」

「なんとか」

「よォし、弾込めィ！」

「はッ」

小栗が片膝を突き、槊杖《さくじょう》を使い始めた。周囲では森勢と徳川勢が死闘を演じている。花井を含めた七名で小栗を囲み、防御の円陣を組んだ。

「お、お頭！」

「殿ッ！」

花井と伍助の悲鳴に振り向けば、三騎の騎馬武者が槍を揃え、塊《かたまり》になって突っ込んでくる。地響きが伝わり、騎馬武者の面頬の奥の目がハッキリと見えた。もう、すぐそこだ。石突《いしづき》を地面に突き立て、槍衾《やりぶすま》を作る余裕はない。茂兵衛は、装塡を終えた小栗の両肩を摑み、騎馬武者が来る方へと無理やり向けた。

「小栗、鬼武蔵は後だ。真ん中の馬の面を撃て！　人ではねェ、馬の面だぞ！」

返事もせずに、小栗は素早く照準を合わし、躊躇《ちゅうちょ》なく引鉄《ひきがね》を落とした。

ダ——————ン。

一瞬、大柄な栗毛が棹立ちとなり、騎馬武者ごと横倒しにドウと倒れた。あおりを食った左右の馬が思わず立ち止まる。

「それ富士之介、討ち取れ！」

「承知ッ」

清水富士之介以下、茂兵衛の五人の家来が槍の穂先を揃え、動きを止めた騎馬武者に猟犬の如く襲いかかった。

小栗は片膝を突き、もう次弾の装塡にかかっている。これはさすがだ。発砲したら、欲どうしく結果など見ずに、さっさと次の弾を込めるのが射手の心得である。

「花井」

これで小栗の狙撃を護衛する円陣は、茂兵衛と花井の二人きりになってしまった。効率よく守らねばなるまい。

「おまんは、俺と同じ方向を向くな。常に俺の背中側の目となれ。二人で背中合わせになるんだ。意味は分かるな？」

「分かりません！」

「……な」

（怒っちゃいかん。これは俺の言い方が悪かった。花井はたァけなのだ。阿呆にも伝わるよう分かり易う言わにゃいかんわ）

「ええか。俺が前を向いとるときはだな……」

ダ――――ン。

小栗が再度発砲した。茂兵衛は胆を潰しながらも彼方を見た。半町（約五十五メートル）先、槍を振るっていた鬼武蔵の兜の龍が弾け飛び、敵将がドウと落馬し、鞍上から姿を消した。

「やった！」

「いえ、兜の龍に当たり申した。落馬こそさせましたが、残念ながら鬼武蔵は無傷にございましょう」

　小栗が悔しげに舌打ちした。

（なァに、落馬させれば十分よ）

　茂兵衛も幾度か、兜や鉄笠に矢弾を受けた覚えがある。角度によっては矢弾は跳ねて命は助かるが、物凄い衝撃でしばらくは朦朧《もうろう》としたものだ。鬼武蔵も同じであろう。

「聞けや、徳川の方々！」

　茂兵衛は大音声《だいおんじょう》を張り上げた。

「見ての通り、森武蔵守を撃ち倒して御座候。さ、方々、早い者勝ちじゃ。疾《はや》く鬼武蔵の首級を挙げられよ。ほれ、まだそこに横たわっておる。領地でも黄金でも恩賞は思うがままぞ」

「オ――――ッ」

　劣勢だった徳川が、ここで息を吹き返した。森勢を十間（約十八メートル）近く押し戻し、さらに押す。しかし、「御大将の首級を獲られてなるか」と森勢も踏ん張り、なかなか崩れない。

　その時、茂兵衛の鉄砲隊が布陣する松の疎林の背後に新たな軍勢が湧いた。迂回した深溝松平隊の千名である。茂兵衛隊の放列をすり抜け、松林から走り出て、森勢の横腹に突っ込んだのだ。

これで勝負あり。

森勢は、まだふらついている鬼武蔵を、尻を押して鞍上に上げ、それを旗本たちが取り囲んで、這《ほ》う這《ほ》うの体で北へ向けて退き始めた。

撤退は凄惨を極め、森勢の討死は三百を数えたという。さらに、狭い羽黒砦に籠城するのも難しいと判断したのか、折角《せっかく》の拠点を放棄し、そのまま犬山城方面へと潰走した。

「このまま、犬山城を抜こう」

との強硬論も出たが、大将の酒井忠次は、羽黒砦以北への追撃を禁じた。

さて、折角占拠した羽黒砦だが、あまりにも犬山城に近く、小牧山からは遠い。それに何の変哲もない小規模な平城だから、大軍に囲まれると手もなく落とされよう。この砦を確保するのは無理と酒井は判断した。砦に火を放った上で、犬山城にまで届けとばかりに、勝鬨を全軍であげ、意気揚々と小牧山へと引き揚げた。

犬山城の仇を見事に討った徳川勢であるが、その戦勝気分をあざ笑うかのように、十日後の三月二十七日、秀吉が大坂《おおさか》から三万の大軍を率いて着陣し、初めは犬山城に本陣を置き、その翌日には小牧山からわずか一里強（約五キロ）北東の楽田城《がくでんじょう》に本陣を移した。

「な、なんだ楽田ってのは……小牧山の目と鼻の先ではねェか」

「秀吉の野郎、やる気だら」

と、小牧山の普請場で働きながら、徳川の足軽たちは囁き合った。

一方、三月二十八日、小牧山城の修復が終わり、家康は本陣を清洲城から小牧山へと移した。また翌二十九日には、信雄が伊勢長島から到来、六千の兵を率いて合流した。これで織田徳川連合軍一万六千が勢ぞろいしたことになる。

「楽田城は、囮《おとり》か撒《ま》き餌《え》にございましょう」

小牧山城内に、織田徳川両軍の侍大将以上が一堂に会した軍議の席上で、酒井忠次が発言した。羽黒砦を焼き、鬼武蔵勢を総崩れに追い込んだ赫々《かくかく》たる武勲が、酒井をいつもに増して雄弁にしていた。

「本来ならば、敵の本陣は犬山城に置かれるのが定石にございまする」

物見によれば、楽田城内には、これ見よがしに五三桐《ごさんのきり》の幟旗が立ち並んでいるそうだ。小城と侮《あなど》り、一気に秀吉を叩かんと、織田徳川勢が小牧山を下れば、数に物を言わせ、大軍で取り囲んで一気に殲滅《せんめつ》する肚だろう。我が身と城一つを囮に使うとは、いかにも秀吉らしい気宇壮大《きうそうだい》な陽動ではないか。

ちなみに、五三桐は秀吉が信長から許された家紋である。後に、天皇から五《ご》七桐《しちのきり》の家紋を下賜されるまで、秀吉はこの五三桐紋を使い続けた。

「つまり秀吉は、一刻も早う我らに小牧山を下りて貰いたい、ということだな」

家康が、鷹揚《おうよう》に酒井の話を引き継いだ。

「敵の軍勢は、言わば寄り合い所帯。長陣《ながじん》となれば、諍《いさか》いや不満が続出し、統制がとれんようになる」

「各地の反秀吉勢力も、胎動し始めましょう」

そう酒井が付け足すと、家康は筆頭家老を指さして幾度も頷いた。

「そこが秀吉の弱味じゃ。奴は短期決戦を望むであろうよ」

ならば味方は腰を据え、小牧山の周囲に枝城として砦などを数多《あまた》設け「長陣に持ち込むのが得策」と家康は結んだ。事ほど左様に、相手が一番嫌がる策を採るのが戦の心得である。

織田側から特段の異議は出なかった。

日頃は、無駄に饒舌《じょうぜつ》な信雄も、本日ばかりは寡黙だ。緒戦で犬山城を獲られたのは織田勢で、その仇を羽黒砦で討ってくれたのは徳川勢なのである。軍議の席でも、その立場の差が明らかに出ていた。

このことは織田徳川連合軍にとって、僥倖《ぎょうこう》と言えた。もし、犬山城が獲られておらず、羽黒砦の戦いもなかったら、信雄はもっと自説を展開したろうし、家康もある程度の配慮を見せざるを得なかったはずだ。庸人《ようじん》と言われる信雄の意見を折衷《せっちゅう》しつつの作戦指揮――家康もなかなか苦労したのではあるまいか。

家康は、大久保忠世発案の「勝てぬまでも、負けぬ戦」を着々と遂行しつつあった。両軍は、敵の進路を塞ぐ位置に砦を幾つも築き、ひたすらにらみ合いを続けた。戦線は家康の思惑通り、長陣となり膠着した。

五

四月六日の夜――今宵は月は早くに沈む暗い晩だ。夜戦《よいくさ》や奇襲の動きがあるやも知れない。

秀吉が本陣を置く楽田城の異変を、芝見に出していた乱破が報告した。夥しい数の軍兵が城門を出て、南下し始めたらしい。幾人もの乱破が同じ報告をするからには、情報の確度は高そうだ。

「数は？」

酒井忠次が、諸将の前に畏まる乱破に質した。

「定かではございませぬが、二万ほどかと」

「二万か……旗は？」

「幟旗の家紋は、先鋒より揚羽蝶、鶴丸、釘貫《くぎぬき》、三階菱《さんがいびし》に五つ釘貫」

「なんと！」

信雄が色をなした。

揚羽蝶は池田恒興、鶴丸は森長可、釘貫は堀秀政《ほりひでまさ》、三階菱に五つ釘貫は——秀吉の甥の三好信吉《みよしのぶよし》（後の豊臣秀次《とよとみひでつぐ》）であろう。三名の有力大名に加えて、総大将は秀吉の身内ということになる。

「これは、単なる陽動ではないな」

例によって、家康が爪を噛みながら呟いた。

「おそらく、中入りであろうよ」

「それも、かなりの大仕掛けにございまするな」

酒井が家康の言葉に頷きながら呟いた。

中入り――対陣する敵に対し、別動隊を迂回させ、敵陣の弱点を突く戦法だ。羽黒砦の戦いで深溝松平勢が林の中から突っ込んで、鬼武蔵勢を混乱に陥れたあれである。

「奴ら、我らのどこを突くつもりか？」

家康が身を乗り出し、机代わりの矢楯上に広げられた濃尾平野の絵地図を覗き込んだ。

「枝城を襲うには陣立てが大仰過ぎる。秀吉の甥御が出張ってきておるのも気になる。三好信吉は十七かそこらであろう？　まだ子供だ」

実質的な指揮官は池田恒興なのであろう。三好信吉は秀吉の名代として、形の上での総大将と見た。ちなみに、信吉は現在、三好家へ養子に入っており、三好姓を名乗り三階菱に五つ釘貫の家紋を翻している。

「南下しておるとすれば、その先にあるのは……岡崎城か」

家康の爪嚙みが激しさを増した。指先に血が滲んでいる。

「三河本国を襲い、我らの足元をすくう魂胆にございましょう」

百戦錬磨である酒井の顔も、心なしか青褪《あおざ》めて見えた。

楽田城から岡崎城までは十二里（約四十八キロ）ほどだ。大軍といえども急げば三、四日で着く距離である。二万の別動隊が、家康の領国を襲っても不思議はない。

「敵襲の恐れがある旨、岡崎城に報せよ。また、通り道にあたる各砦は、敵を素通りさせるな。弓鉄砲を射かけて足止めせよ。少しでも時を稼ぐのだ」

家康は、各砦に矢継ぎ早に使番を派遣した。


翌七日になると、詳細な情報が入り始めた。

総大将は、秀吉の甥である三好信吉。事実上の司令官である池田恒興は、娘婿である鬼武蔵の「羽黒砦での恥辱」を雪《そそ》がんと六千人の軍勢を率いて参加した。その鬼武蔵は白無垢の陣羽織——おそらくは死に装束、経帷子《きょうかたびら》のつもりであろう——を着込んで必勝を期し、三千人を率いて出陣している。また、なにをやってもそつがなく「名人久太郎《きゅうたろう》」との異名をもつ冷静沈着な堀秀政が、近江《おうみ》の強兵三千を率いて参陣。殿軍《しんがり》の信吉の軍勢八千を合わせれば、総勢二万余の大軍である。

「やはり、二万か……」

織田徳川連合軍は総勢でも一万六千である。仮に本陣の小牧山城に一万を残せば、割ける数は六千が精々だ。三倍以上の敵と戦うことになる。家康はフウと嘆息を漏らし、天井を仰ぎ見た。

「さは、さりながら……」

石川数正が家康に向き直った。

「二万の大軍を、長駆十二里（約四十八キロ）も敵地に入れる。秀吉も随分と思い切った手を打ってきたものにございますな。襲われる側の我らも大変だが、一つ間違えば、秀吉側も大打撃を被《こうむ》ることになる」

「猿めはなぜ、賭けのようなことを始めたのでござろうか？」

と、信雄が瞬《まばた》きを繰り返しながら家康に質したが、家康は答えなかった。

おそらく池田恒興は犬山城を落とした功労者であり、織田家譜代の身でありながら秀吉に与《くみ》していることの政治的意味が大きかったのだ。秀吉としても「娘婿の恥を雪ぎたい」との申し出を無下にはできなかったのではあるまいか。

秀吉は、その不安を数で補おうとした。

織田徳川連合軍の兵力が一万六千程度であることは、事前の物見で分かっていただろうから、中入りの兵力を二万と弾き出したのだ。

その証に、別動隊の歩みは異常に遅かった。楽田城からわずか一里半（約六キロ）の篠木《しのぎ》に七日夜は宿営し、翌八日は一里弱歩いただけで上条城《じょうじょうじょう》に逗留している。これは二万の隊列が縦に伸びきり、分断され、各個に撃破されるのを恐れたからではないのか。秀吉は「二万は大軍じゃ。身を寄せ合っておれば（家康に襲われても）大丈夫」と考えたはずだ。第三軍に思慮深い堀秀政を起用したのも、若く頼りない信吉と、常に前のめりな池田父子との繋ぎ役を、彼に期待したものと思われる。

ただ、この二日の遅滞が、家康に精神的、物理的なゆとりをもたらした。

四月八日の夕方。秀吉の中入り隊を迎撃すべく、徳川の支隊四千五百が、家康の母方の叔父である水野忠重《みずのただしげ》と旗本先手役の榊原康政、大須賀康高に率いられて小牧山城を進発した。戌《いぬ》の下刻（午後八時頃）には敵別動隊が逗留する上条城の南西一里（約四キロ）にある小幡城《おばたじょう》に入り、敵情をつぶさに偵察した。同じく戌の下刻。家康と信雄の本隊九千五百が小牧山城を進発し、小幡城へ向かった。

茂兵衛も大久保隊の一員として鉄砲隊を率い、南東へ向け暗い荒地を進んでいた。どこまで行っても、丈余の枯草が生い茂る広大な平野である。時折、松の疎林が交じり、二十日ほど前に戦った羽黒砦周辺の景色が思い出された。ただ、あの夜は空に十六夜月があって歩き易かった。対して今宵は暗い。雷も心なしか歩き難そうだ。

「ああ」

雷の後方を歩く富士之介が溜息を漏らした。羽黒砦での教訓に学び、今回は小牧山城の武器蔵をあさって狭間筒を持ってきている。三貫（約十一キロ）の火縄銃——担いだ富士之介は怪力だが、さすがの大男も少々へばってきたらしい。小牧山城から小幡城まで二里半（約十キロ）と少しある。

「富士之介、重かろう。拙者の馬に載せようか？」

花井が、茂兵衛の家来に声をかけた。

「いえ、心配御無用。大丈夫にございまする」

闇の中だが、富士之介が微笑むのが分かった。

最近の花井はいつも茂兵衛の傍を離れず、まるで母親にまとわりつく赤子のようだ。本来の役目は鉄砲隊の寄騎なのだから、それでは困るのだが、自分の傍にいれば彦左や辰蔵、左馬之助の邪魔をしたり、苛つかせたりせずにすむ。茂兵衛は彼がついてまわることを黙認していた。確かに花井は阿呆だが、偉ぶったところはないので、富士之介以下の茂兵衛の家来たちからは、むしろ好感を持たれているようだ。花井がこの鉄砲隊の中で自分の居場所を見つけてくれたのなら、それはそれでよいことではないか。

「伍助、小栗金吾を呼んでこい」

「はッ」

わざわざ人を遣らずとも、大声で呼べば聞こえるのだろうが、夜間の行軍中は静謐が要諦だ。

「お呼びで？」

小栗はすぐに駆けてきた。

「おまんが羽黒砦で撃ち損じた鬼武蔵な……今度は白無垢の陣羽織で出陣しておるそうだ」

「羽黒砦では確か、猩々緋にございましたな」

「どちらにしても、よう目立つ。鬼武蔵のような手合いは、どこの戦場でも隊の先頭で槍を振るいたがるものよ。今回も狙撃の機会は必ずある。おまんに狭間筒を渡すから、今度こそ撃ち倒せ」

茂兵衛の策はこうだ。富士之介と小栗を組ませ、鉄砲隊とは別行動にさせる。重い狭間筒は巨漢の富士之介が運び、小栗が狙撃する折には、銃身を肩に載せて銃架台の代わりもさせる。これなら命中精度はグンと上がるし、一町（約百九メートル）以上も離れた場所から狙撃できる。緒戦で鬼武蔵を倒せれば、戦は俄然味方に有利となろう。富士之介の体力と狭間筒の長射程、小栗の腕を組み合わせた妙案と、茂兵衛は内心でほくそ笑んでいた。

子《ね》の下刻（午前零時頃）。家康本隊も小幡城へと着陣した。これで支隊と本隊を合わせて一万四千が集結した。

（ま、殿様も思い切られたもんだわ）

と、茂兵衛は考えた。

（敵の中入れ隊を叩くのに、兵力の九割弱を投入なすった。小牧山の本陣には平八郎様が率いる二千余の城兵しか残しておらんがね）

もし秀吉がこの事実に気づき、全軍を挙げて小牧山城に殺到すれば、織田徳川軍は拠るべき本陣をなくし、広大な濃尾平野で路頭に迷い、壊滅する運命にある。

（つまり殿様は、大博打に出られたということさ。この博打、吉と出るか、凶と出るか）

丑《うし》の下刻（午前二時頃）。小幡城の全軍が行動を開始した。水野忠重、榊原康政が指揮を執《と》る支隊は、家康から策を授けられた上で小幡城を出ると南東方向へと下った。一方、家康本隊は小幡城を出て大きく東へと迂回した。稲葉村《いなばむら》の辺りで矢田川《やだがわ》を渡り、寅《とら》の下刻（午前四時頃）、岩作《やざこ》の色金山《いろがねやま》に着陣。山と言っても比高七丈（約二十一メートル）程度の丘陵である。すぐに物頭以上を集めての拡大軍議が開かれた。茂兵衛も評定の末席についた。

「秀吉も色々と工夫したようだがな。結局、先鋒の池田隊と殿軍の三好隊の間は、南北に細長く一里半（約六キロ）以上も開いてしまった。ま、寄せ集めの軍勢とは、得てしてそうしたものよ」

家康がおどけた調子で語り、一座からは失笑が漏れた。

「我らは、この敵失に乗じ、秀吉の中入りを断固阻止する。あわよくば、秀吉の甥御に大恥をかかせてやれ」

茂兵衛を含めて、一座は爆笑した。織田徳川連合軍の士気は高い。

ここから先は、酒井忠次が詳細な作戦計画を説明した。

まず先に進発した水野忠重、榊原康政支隊が、背後から殿軍である三好信吉隊の尻に嚙みつき、次に家康の本隊が、第二軍の森長可隊と第三軍の堀秀政隊の間に割って入る。細長く伸び切った敵の隊列を寸断し、各個に叩く策だ。短期決戦を心がけ、深追いさえせねば、敵は数の多さを活かしきれないだろう。

酒井が説明を続けていたその最中――

ドンドン。ドンドンドン。ドンドン。

色金山の西方で、夥しい数の銃声が轟き亘った。

「近いな」

誰かが呟いた。誰もが口を閉じ、耳をそばだてた。

「大方、藤十郎《とうじゅうろう》（水野忠重）と小平太（榊原康政）が、三好信吉（豊臣秀次）の尻に食いついたものであろうよ」

ポツリと家康が呟いた。

ドンドンドン。ドンドンドン。ドンドン。

「方角を見れば白山林《はくさんばやし》の辺りか……近く聞こえるのは、平野で遮《さえぎ》る山がないからにござろう」

酒井が家康に囁き、家康は頷いた。

白山林は、矢田川の南岸。雑木が生い茂る小さな林である。色金山からは北西に二十一町（約二・三キロ）ほど離れているが、静かな早朝のこととて、もうすぐそこで合戦をやっているように感じられた。

実は同じ頃、色金山の南西でも激しい戦闘が繰り広げられていたのだ。尾張国衆の丹羽氏重《うじしげ》が籠る岩崎城《いわさきじよう》を、池田恒興と鬼武蔵の隊が攻めていた。色金山からの距離は四十三町だが、途中に御岳《おんたけ》と呼ばれる小山が横たわっており、遮られた銃声は、低く遠雷のように響くだけで、さほどに人々の注意を引くことはなかった。しかし、城代の丹羽氏重は「弓鉄砲を射かけて時を稼げ」との家康の命を墨守《ぼくしゆ》し、城の目の前を素通りしようとする敵先鋒の池田隊に激しく鉄砲を撃ちかけたのだ。池田恒興と鬼武蔵は激怒し、わずか三百人で守る小城を、九千人で囲んで攻めに攻めた。一刻半（約三時間）後、ついに岩崎城は落ち、城代以下、城兵は全滅した。氏重はこの時、まだ十六歳の若さだったという。

色金山の本陣には続々と報せが届いていた。「五」の文字を大書した幟を背負う使番が慌ただしく行き来した。

「申し上げまする。寅の下刻、白山林にて水野榊原隊が三好勢を撃破。三好信吉は馬をも失い、徒歩にて逃走した由」

「申し上げます。辰《たつ》の上刻（午前七時頃）、岩崎城が陥落。城代丹羽氏重殿以下、城兵はことごとく討死の模様」

「申し上げまする。堀秀政が檜《ひのき》ヶ根《ね》に布陣。南下しようとする水野榊原隊に銃撃を加え、お味方は後退」

夜が明けきったこの頃——敵側先鋒の池田隊、鬼武蔵隊は、一里以上南の岩崎城にいる。殿軍の三好隊は壊滅した。目下、唯一家康本隊の脅威となり得るのは、第三軍の堀秀政隊のみである。しかも彼は果敢に攻撃し、榊原康政や大須賀康高など猛者《もさ》揃いの支隊を退けたらしい。

「七郎右衛門、おるか」

家康が大久保忠世を呼んだ。

「ははッ」

団栗眼の侍大将が、転がるようにして進み出た。

「ワシは南方の岩崎城から戻ってくる池田隊と森隊に決戦を挑み雌雄を決める。その折、背後の堀隊が邪魔だ。おまん、今のうちに堀秀政を追い払って参れ」

「お、追い払う？」

「そうじゃ。なんぞ不都合でもあるのか？」

家康が侍大将を睨みつけた。

「拙者、率いておるのは千人にございまするが？」

追っ払え——と、家康は簡単に言うが、堀隊は三千人。忠世隊の三倍である。

「植田の鉄砲隊がおろう。善四郎の弓隊もおろう」

「……」

「七郎右衛門！」

家康が癇癪《かんしゃく》を起こし、床几《しょうぎ》を蹴って立った。

「追い払いまする。堀久太郎を檜ヶ根から追い払って御覧に入れまする」

忠世が深々と頭を下げたので、家康も怒りを静め、小姓が直した床几に座り直した。

「つきましては、畏れながら、大金扇《だいきんおうぎ》をお借り受け致しとうございまする」

「なに、大馬印《おおうまじるし》を貸せとな？　まあええ、持って行け」

家康の本陣を表す大馬印は、黄金に塗られた巨大な扇子である。他に、厭離穢《えんりえ》土欣求浄土《どごんぐじょうど》と墨書された旗印も本陣の在処《ありか》を示す。

巨大な金扇子を持ち帰った忠世は、多くの乱破を出し、檜ヶ根の敵情を調べさせた。その後、配下の物頭たちを招集した。茂兵衛も鉄砲隊を彦左に任せ軍議に駆けつけた。

「ええか。ここから十二町（約一・三キロ）ほど南西に下れば、香流川《かなれがわ》の南岸に檜ヶ根と申す小高い丘があり、そこに堀秀政は布陣しておる」

忠世は、檜ヶ根の四町（約四百三十六メートル）南東にある土饅頭のような小山（富士《ふじ》ヶ根《ね》）に、金扇と徳川の幟旗を立てるつもりのようだ。あたかも家康の本陣があるかのように見せかけ、弓鉄砲を射かけ、千人で鬨をあげて堀秀政を追い払おうとの計略を披露した。しかし、茂兵衛をはじめ歴戦の物頭たちは誰もが俯き、口を閉ざした。やがて年嵩の長柄大将が手を挙げた。

「もし堀久太郎めが……逃げなんだらどうなさる？」

一挙に座の空気が冷えた。もう夜も明けきって視界はよく利く。そんな安直な手に、冷静沈着な堀秀政が騙されてくれるものだろうか。

「たァけ」

忠世が団栗眼を剝《む》いた。

「やる前から『逃げなんだらどうする』だと？　いちいち辛気臭いことを申すな。おまんらは、ワシの言う通りに動いておれば、それでええ」

忠世にしては珍しく高圧的だ。家康になんぞ無理難題を押し付けられたのだろうか。

（おそらく、七郎右衛門様御自身がいちばん『敵が逃げなんだらどうしよう』と

悩んでおられるんだわ）

と、茂兵衛は推察した。そこを下役から指摘されたものだから、つい癇癪を起こしたのだ。しかし、言われた物頭たちも黙ってはいなかった。

「それはおかしい。おかしいですぞ、大久保様」

別の長柄大将が口を尖らせた。敢えて「御奉行」と呼ばないところが、いかにも反抗的かつ挑戦的だ。

「ワシらは大久保党の家来ではねェ。寄騎にござる。家康公の直臣《じきしん》にござる。大久保様の役目をお助けするためにここにおる。申すべきことは申すのが寄騎の役目。なんでもかんでも大久保様の仰せに従うのであれば、寄騎などは不要にござろうよ」

「ふん、そのようなことは、端から分かっておるわい」

忠世は顔を引き攣《つ》らせ、そっぽを向いてしまった。冷ややかな空気が流れた。とても大事を行う前の雰囲気ではない。敵は、ほんの四町（約四百三十六メートル）先にいるのだ。

（おいおいおい、戦の前にこの空気は、なんぼなんでもまずかろうよ）

思わず茂兵衛は天を仰いだ。

これから優勢な敵と相対するというのに、三河勢最大の強みである「鉄の団結力」を自ら放棄してどうする。

（や、七郎右衛門様も物頭衆も馬鹿じゃねェ。腹の底では両者ともに分かっとるはずだ。この空気のまま戦ったら負ける。勝ち目はねェとな……はてさて、ここで俺はどうすべきか？）

瞑目し、必死に知恵を絞ってみた。

（ま、駄目元だァ。少しだけ薪をくべてみるとするか）

「それがしに、腹案がござる」

茂兵衛は思い切って手を挙げた。

普段、軍議でほとんど発言しない茂兵衛が手を挙げたので、同僚たちは驚き、耳を傾けてくれた。

「ここは一つ、御奉行に宣言して頂くのはどうであろうか」

「宣言だと？」

団栗眼でギョロリと睨まれた。

「左様にござる。先ずは金扇を立て、鬨を作って堀久太郎を追い出す。で、もし奴めが逃げなんだら、この千人で、檜ヶ根に突っ込み、槍と鉄砲で追い払う。そう御奉行がこの場で宣言されれば、我らも『もし逃げなんだらどうしよう』なぞと下らぬことを思い悩むことはねェ。死ぬ気で突っ込むだけよ。迷いは晴れる。如何かな?」

しばしの沈黙が流れたが、やがて——

「面白いかも知れんのう」

「上の者が死ぬ気なら、黙って後についていくのが我ら三河者だがね」

「ほうだら。敵を騙くらかして追い払うとの卑怯さが気に食わんかったが、最後は死ぬ気で突っ込むなら文句はねェ」

「ほうだら」

「ほうだ、ほうだ」

賛同の声が次々に上がった。一同の視線が忠世に集まる。

「ええだろう。宣言してくれるわ」

忠世は、床几から立ち上がると大きく息を吸った。

「堀のガキめが逃げなんだら、この千人で突っ込む。死ぬ気で敵を蹴散らす。戦は数ではねェ。最後はここよ!」

と叫んで、己が甲冑の胸の辺りを二度拳で叩いた。ガチャガチャとがさつな音がした。

「おう、やろまい！」

「やろまい！」

最前の通夜のような空気が嘘のように晴れた。これでいい。自分が使った言葉ではあるが、「死ぬ気」の一言が入っただけで、かくも盛り上がれる「侍という人種」を茂兵衛は奇異にも、滑稽にも、愛おしくも感じていた。

六

大久保隊は作戦の性質上、檜ヶ根のはるか手前で香流川を静かに渡った。足軽たちは忠世が各隊から掻き集めた「三つ葉葵の幟旗」を幾本も担がされて不満顔である。

現地に到着してみると、幸い金扇子を立てる富士ヶ根は、敵が布陣する檜ヶ根より幾分高かった。檜ヶ根からは見上げることになるから、こちらの陣立て、千人しかいないことなど、見えにくいかも知れない。

大久保隊は、敵から見えぬよう富士ヶ根の陰に隠れるようにして密かに接近した。

「まず茂兵衛が鉄砲を撃ちかけよ」

富士ヶ根の頂上で、忠世は茂兵衛ら物頭衆を集め、最後の指示を与えた。

「茂兵衛、ここから檜ヶ根まで弾ァ届くか？」

そう訊かれた茂兵衛は手をかざし、檜ヶ根までの距離を目算した。

「およそ四町（約四百三十六メートル）……狙って当てるのは無理にござるが、届くには届きまする」

「なに脅しじゃ。敵陣に撃ち込めれば十分よ」

忠世が満足げに頷いた。

「鉄砲の次に善四郎様の弓」

長さ七尺（約二・一メートル）を超す和弓の威力は凄まじく、最大射程は五町に達する。

「その後一気に大馬印と幟旗を山頂に立て、最後に槍隊が鬨を上げて前進する。その手筈で参る。各々ええな？」

「おうッ」

物頭たちの声が揃った。

うまくいくとも思えなかったが「やるからには本気でやる」それが要諦だ。

「ええか。このぐらいの角度が弾ァ一番遠くへ飛ぶ」

彦左が鉄砲足軽たちを前に、六匁筒の銃口を斜め上に向けて示した。

「もう少し上向きの方が飛ぶのではねェですか？」

鉄砲足軽を束ねる小頭の一人が彦左に質した。

「直角の半分程度で撃ち出すのが一番飛ぶのさ。これはホンマのことだがね」

「四町でしょ？　むしろ飛び越えませんかね？」

「そんなこたァ、おまん」

「まあまあまあ」

収拾がつきそうにないので、茂兵衛が介入した。

「いずれにせよ、着弾は確認できん。だから何発撃っても修正のしようはねェ。つまり大体でええのよ」

五十挺の鉄砲が轟音を上げ、鉛弾がヒュンヒュンと唸って飛んで来れば、恐れない者はない。脅しのための射撃ならそれで十分だと思った。

巳《み》の上刻（午前九時頃）。忠世の采配が躍った。まずは茂兵衛隊である。

「鉄砲隊、目標は四町先の丘。火蓋を切れ」

そう命じた後、茂兵衛は風向きを見た。早朝の風が南から北へ吹いている。

「風は南から北へ向けて吹いとるがね。やや左を狙えよ」

大体でええ──自分でそう言ったばかりなのに、多少滑稽ではあったが、一応は指示した。

「放てッ」

ダンダンダン。ダンダンダン。

五十発の鉛弾は大空へと消えていった。その後、善四郎隊が矢を射込み、富士ヶ根の頂上に巨大な金扇が立ち、長柄隊が鬨を作りながら前進すると、奇跡が起こった。檜ヶ根に動きが見え、釘貫紋の幟旗が北西へ向けて移動し始めたのだ。

「やった、やった。堀久太郎、我が策に落ちたぞ」

当初、忠世は大喜びであったが、しばらくすると押し黙ってしまった。

十二町（約一・三キロ）先の色金山を下り、家康の大軍がこちらへ向かっているのがよく分かる。堀秀政が兵を退いたのは、忠世の金扇ではなく、家康の到来を察してのことだったのだ。

四半刻（約三十分）後、家康は本陣を富士ヶ根に置いた。

織田徳川連合軍は重層的な陣立てを採った。

東側の仏《ほとけ》ヶ根《ね》（現在の長久手市武蔵塚の北方）に井伊直政隊が、西側の前山《まえやま》（長久手市城屋敷界隈）には富士ヶ根を下りた家康本隊が、後方の富士ヶ根（現在の御旗山）の斜面には信雄隊が控えとして、それぞれ布陣したのだ。

そこへ、池田隊、鬼武蔵隊が岩崎城方面から北上してきた。池田恒興は、東側に嫡男池田元助《もとすけ》隊を、西側に鬼武蔵隊を配し、自分は控えとして背後から支える布陣で連合軍に相対した。

巳の下刻（午前十時頃）。前山の家康本陣に、白装束を身に纏《まと》った鬼武蔵が鉄砲を撃ちかけ、先頭に立って突っ込むことで、戦端が開かれた。

家康本隊の先鋒は長柄隊、次鋒も長柄隊、茂兵衛の鉄砲隊は第三陣で放列を敷いていた。茂兵衛も寄騎たちも馬から下り、徒士となって指揮を執る。

「小栗と富士之介、隊を離れてよし。注文通り、鬼武蔵は先頭で身を晒しとる。しかもよう目立つ白い陣羽織だわ。小栗、必ず当てろよ！」

「ははッ」

鉄砲の腕は茂兵衛隊随一、思慮深く冷静沈着な小栗金吾が、下らぬ事情で徒士身分に据え置かれていること自体が不条理なのだ。もし鬼武蔵を撃ち取れば、これはもう大手柄だから、確実に騎乗の身分へと昇格させてやれる。実力は申し分ないのだから、小栗の将来は開けよう。

富士之介と小栗が身を屈め、緩斜面を駆け下りて行くのを茂兵衛は見送った。巨漢の富士之介が狭間筒を背負うと、一間(約一・八メートル)以上もある長大な鉄砲が、普通の火縄銃に見えるから不思議だ。

「や、槍衾が破られたァ」

叫び声に振り向くと、敵の騎馬隊が味方の先鋒、次鋒である長柄隊を蹴散らし、こちらへ向かってくる。先頭を駆けるのは白い陣羽織の騎馬武者——

「ほれ、小栗、撃て! こら小栗!」

富士之介と小栗の姿を捜したが、二人はもう疎林へと消えている。

(小栗のたァけが……野郎は目の前におるのに)

茂兵衛は舌打ちした。

「第一列、火蓋を切れ」

カチカチカチ、カチカチ。

火縄銃の火蓋を右手親指で前へ押し、火皿上の口薬《くちぐすり》を露出させる音が響く。

後は引鉄を引けば、火縄が口薬に点火、発砲となる。

なにもせずボーッとしているお頭に代わって、彦左が三列横隊の第一放列に号令をかけている。第二放列を左馬之助が、背後の槍足軽を辰蔵がそれぞれ指揮しており、一分《いちぶ》の隙もない。

「馬を狙え。自信のある者は馬の顔を狙え。人は後でええ」

彦左が放列の背後を歩きながら命じている。今は騎馬隊の突撃を止めることが先決なのだ。一旦出足を止めてさえしまえば、槍足軽隊の前に、騎馬武者は案外脆《もろ》い。

「放て！」

ダンダンダン、ダンダンダン。

黒色火薬特有の濛々《もうもう》たる白煙——肌に触れるとチクチクと痛む——が辺りに立ち込め、数頭の馬が倒れた。

「第一列後ろへ。第二列、前へ」

騎馬隊はさらに押してくる。彼らは鬼武蔵の側近たちだ。羽黒砦の恥を雪がんと必死なのだ。

「おい辰、第二列でも防ぎきれんだろう。左馬之助の組が撃ち終えたら、槍隊を前へ出せ、槍衾を敷かせろ。騎馬隊を止めろ」

「委細承知！」

辰蔵が、大きく手を振って応えた。

「放てッ」

ダンダンダンダン。ダンダンダン。

「第二列下がれ。槍隊前ェ、槍衾ァ！」

四十名の槍足軽が隊の前面に出て、片膝を突き、槍の石突を地面に突き刺し、穂先を押し寄せてくる馬の胸辺りに揃えた。

鬼武蔵の騎馬隊がどんどん迫る。

茂兵衛は、槍衾の背後を歩きながら、配下の足軽たちの挙動を観察した。十二年前、足軽小頭として参戦した木原畷《きわらなわて》の戦いでも、迫りくる武田の騎馬隊を止めんとして槍衾を組んだ。あの時、敵が到達するまでの間、多くの足軽は恐れ、泣き、母親の名を呼んでいた。それが今はどうだ。堂々と背筋を伸ばし、敵を睨みつけている。泣き言をいう者など、誰一人としていない。

（ほうだ。こいつら変わったんだら。成長したんだわ）

木原畷は三方《みかた》ヶ原戦《はらのいくさ》の前哨戦だった。当時の彼らは、強大な武田信玄に睨まれ、風前の灯火となった惨めな小領主の足軽に過ぎなかったのだ。それが今では、同じ足軽でも五ヶ国の太守の家来である。仲間たちと甲斐や信濃にまで遠征し、その多くで勝利を収めてきた。徳川が成長するに連れて、雑兵《ぞうひょう》たちも成長していたことに改めて気づき、茂兵衛は面頰の奥でニコリと微笑んだ。

「来るぞ！　恐れるな！」

辰蔵が叫んだ。

（辰、心配要らんよ。こいつらは兵《つわもの》よォ。武士《もののふ》よォ）

ガガッ。

槍衾と騎馬隊が激突する音だ。瞬間、槍はたわみ、戻る力で馬を撥ね飛ばした。あるいは馬の圧力に屈して槍を折る足軽、鞍から転げ落ちる武者もいて、瞬時にして辺りは修羅場と化した。毎度のことだが、乱戦になると鉄砲隊は不利だ。彦左が鉄砲隊を後退させようとして叫んでいる。槍衾を生き抜いた騎馬武者の一人が馬を寄せ、徒士の彦左を槍の柄で薙《な》ぎ倒した。

ゴン。

薙ぎ倒された彦左が草叢の中に転がった。

（今の彦左は、長柄大将になる大事な体だァ。ここで死なせてなるもんかァ）

茂兵衛は、助太刀すべく槍を手に駆け出した。

騎馬武者は、彦左を槍で突かずに、徹底して叩いている。これぞ騎馬武者が徒士武者と戦う際の心得だ。上から叩きに叩き、徒士武者がひるんだところを一突きにして仕留めるべし。

殴られ続ける彦左は朦朧としているようだ。兜の上からでも、槍で叩かれると相当に効く。もう猶予はない。敵の馬の尻を槍で突き、馬を棹立ちにさせた。騎馬武者は転がり落ちたが、すぐに起きあがり槍を構えた。

「背後からとは卑怯なり」

（おいおいおい、金切声かい……声だけ聞けば、ガキじゃねェか？）

頭形《ずなり》の兜《かぶと》に小体《こてい》な半月の前立《まえだて》、胴は黒漆。袖や草摺は黒い板札《いたざね》を濃紺の紐で威してある。面頰で顔は見えぬが、体つきからしても十代の若武者だ。

「こら彦左、無事か？」

「お頭、かたじけない」

彦左が兜を被った頭を振りながら藪の中で立ち上がった。

「こ奴、相当動きが速いですぜ。御油断なく！」

「行け。鉄砲隊を安全なところに移せ」

「御免ッ」

と、彦左が離脱し、茂兵衛は安心して若武者に向き直ることができた。

「ええっと……なにが卑怯だって？」

「貴様、後方からワシの馬を刺したろう」

「それはすまんかった。こちらにも色々と事情があったのじゃ」

「そ、その口ぶり……なんなんだ貴様は？」

と、若武者がいよいよいきり立った。

「そう興奮致すな。おまん、随分と若そうだが……できれば殺したくねェ」

「たわけ！　戦場に歳など関係ないわ！」

「そらそうだけどもだがな……」

(のぼせ上がりやがって。説得できる状態じゃねェな……面倒だから、ひと思いに殺《や》っちまうか？　けど後味悪いからなァ、ガキだしなァ……よし)

茂兵衛は、素早く頭上で槍を旋回させた。若武者が身構えるところに、上から叩く素振《そぶ》りを見せる。これは陽動だ。相手が首をすくめた刹那、石突で面頬を強《したた》かに突いた。

ゴッ。

若武者は一瞬天を仰ぎ、草叢に両足を投げ出して尻もちをついた。間髪を容れずに槍を旋回させ、笹刃を若武者の股間に差し込んだ。勿論、股間をえぐったのではない。地面に突き刺したのだ。

「うッ」

これで十分に効果がある。股座《またぐら》近くを刺された者は、たいがい萎縮して大人しくなるものだ。

「おまんは筋がええ。強くなる。今日のところは相手が悪かった。聞いたことがあろう。実は、俺が徳川の植田茂兵衛よォ」

「植田？　知らんわい！」

「あ、そう」

癪に障って、股間から抜いた槍を横に薙ぎ、思い切り殴り倒してやった。これでしばらくは目が覚めまい。ひょっとして永遠に目は覚めないかも知れない。

ダッダーン。

左手から銃声が轟いた。敵を見れば、辰蔵の槍隊を相手に大暴れしている白陣羽織がピタリと動きを止めた。鬼武蔵に弾が当たったのは間違いない。だが、まだ生きている。浅手だ。

(糞ッ、悪運の強《つえ》ェ野郎だァ)

馬廻衆らしき騎馬武者が四騎、鬼武蔵を取り囲み、体を支え、逃げに入る。

(小栗が撃った弾かな?　小栗、やったのか?)

と、目で追って、がっくりきた。

左手半町(約五十五メートル)、十人ほどが二列にならんだ鉄砲足軽は、いずれも赤胴に赤笠――井伊隊だ。

(なんで井伊隊がここに来てんだ?　奴らの持ち場は、左翼だろうが)

「放て!」

赤具足の小頭らしき侍が叫んだ。

ダンダンダン。

斉射が、鬼武蔵を囲んで逃げる騎馬武者の集団を襲う。

ほぼ全弾が命中したのではあるまいか、鬼武蔵を含め全員が鞍上から撃ち落とされた。馬に乗っている者は誰もいない。

(なんと、まあ、驚いたなァ)

上手いと定評のある茂兵衛隊でも、火縄銃で、ここまでの命中精度はあり得ない。

左手半町の赤い鉄砲隊が、互いに抱き合い、飛び跳ねながら雄叫びを上げている。

（よおしッ。今だァ）

「辰蔵！　鬼武蔵は討死！　この機を逃すな。槍隊を前に押し出せ！　鬼武蔵は死んだ！　森武蔵守は、井伊の鉄砲隊が討ち取ったァ！」

茂兵衛の咆哮に、徳川勢から歓声が沸き起こり、押されていた家康本隊が息を吹き返した。

（ええぞ、ええぞ、ハハハ、羽黒砦の再来だわ！）

「進め、進め、進め。鬼武蔵の首はまだ転がっとるぞ。誰が拾うんだァ？」

槍を振り回しながら突き進む茂兵衛の目の端に、左前方、赤い騎馬隊が、正面の池田元助——池田恒興の嫡男——隊に向け、遮二無二《しゃにむに》突っ込んで行く姿が映った。

（あ、武田の……騎馬隊が行く）

三方ヶ原で、長篠で、茂兵衛自身が畏敬の念をもって眺めた武田の赤備え——赤い騎馬隊が、そこにいたのだ。

（ほうだら。井伊隊は、武田の残党を掻き集めて作ったんだ。今突っ込んでるの

は、本当に武田の騎馬隊なんだわ）

武田の騎馬隊は「戦国最強」と恐れられた。長篠で信長の鉄砲隊に蹂躙《じゅうりん》されるまでは、ほぼ無敵だった。その武田武士たちが、信長麾下として武田を滅ぼした池田父子に襲い掛かっている。

茂兵衛は、最前の神がかり的な斉射を思い出した。

（井伊隊の武田武士たちにとって、この戦は……つまり、弔《とむら》い合戦なんだわ）

戦国最強の武士たちが、旧主、父や兄、朋輩《ほうばい》の仇討ちに燃えている。

（この戦……徳川の勝ちだわ）

心中で呟き、茂兵衛はまた「鬼武蔵は死んだ」と叫んで駆け出した。

その後、乱戦の中、池田恒興は永井直勝《ながいなおかつ》に、池田元助は安藤直次《あんどうなおつぐ》にそれぞれ討ち取られ、秀吉側は総崩れとなった。池田隊と鬼武蔵隊、合わせて九千のうち、約三千名が討死を遂げたという。異様な死亡率だ。

池田恒興、池田元助、鬼武蔵——一人として愚将も弱将もいない。兵力はほぼ互角。地形的にも、どちらかが決定的に有利ということはなかった。

（なのによォ。この結果はどういうことだら？）

未だ硝煙棚引く戦場に立ち、感慨に浸る茂兵衛の脳裏に、二年前の甲州《こうしゅう》征伐の光景が浮かんでいた。

「ま、乱世だからなァ」

茂兵衛が思わず呟いた。

「は?」

傍らに控える富士之介が主人を仰ぎ見た。

「なに、独り言よ。なんでもねェわ」

「はッ」

富士之介が頭《こうべ》を垂れた。

(織田であれ、武田であれ、敵を潰すところまではええさ。お互い様だがや)

しかし、信長は無慈悲に過ぎたのだ。降参した後までも、武田家遺臣に対し苛烈な態度で臨んだ。首を刎《は》ね、領地を剝奪し尽くした。反対に、家康は武田の遺臣たちを信長の追及から庇った。本能寺の後には、彼らを大量に召し抱えたのだ。

(鬼武蔵も池田恒興も、甲州征伐では信長の尻馬に乗って、大暴れした手合いよ。そりゃ、武田武士に恨まれるがね)

もし、本日の勝敗を分けたものがあるとすれば――

(そりゃ、我らが殿様の寛容さではねェのかなァ)

寛容さ――この戦国の世に、最も似つかわしくない言葉が、本日の家康の大勝を用意した。茂兵衛にはそう思えてならなかった。

終章　梯子《はしご》を外された家康

長久手《ながくて》での戦闘が、織田徳川連合軍の明らかな勝利で終結して以降、半年以上も両軍の間に大きな動きはなかった。付城を巡る小競り合いこそ続発したものの、濃尾《のうび》平野で両軍が睨み合い、戦線は膠着したままだった。

「おまんまは食わして貰えるから、大それた文句はねェが……そろそろ嬶《かか》ァの面《つら》が見たくなったわなァ」

「この戦《いくさ》、俺らは勝っとるのか？　それとも、負けとるのか？」

「三月、四月までは俺らが確かに優勢だったが、その後は動きがねェからなァ」

「引き分けじゃねェのか？」

そんな会話を、茂兵衛隊の足軽たちが囁《ささや》き始めた天正《てんしょう》十二年（一五八四）の十一月頃。秀吉と信雄が、突如として和睦《わぼく》を結んでしまった。ちなみに、信雄からの家康への相談は一切なかった。

尾張《おわり》で両軍が睨み合っている間、数に勝る秀吉は兵力を割《さ》き、西尾張や伊勢《いせ》など信雄領内の小城を一つずつ、気長に落としていったのだ。

「このままでは、ワシは無一文にされてしまうぞ」

と信雄は不安に駆られ、そこに秀吉が上手く付け込んで調略すると、簡単に和睦に応じた。

寝耳に水の家康は驚き、激怒したが――もう遅い。

怒りを静め「徳川は、織田家との友誼を守り、信雄殿に助太刀したまで。信雄殿と秀吉殿が和睦されたのなら目出度いことで、当方は兵を退き申す」と、領地へ引き揚げることにした。

翌十二月。秀吉の居城が大坂《おおさか》の地に完成し、秀吉は、信雄と家康を新城へと招待した。信雄はすぐに応じたが、家康はどうすべきか――浜松城《はままつじょう》内の大広間《たまり》で評定が催された。茂兵衛も、家康から出席を命じられ、大きな体を縮こまらせて末席に控えていた。

「意味が分からん。何故、戦に負けた秀吉が、我が殿を大坂に呼びつけるのか？まるで家来扱いではないか」

「殿に会いたくば、秀吉の方が三河《みかわ》へくればええ」

各所から「ほうだ」「ほうだら」と賛同の声が起こった。

「奴め、まさか戦に勝ったつもりでおるのではあるめェな」

家康は上座で瞑目し、家臣たちの議論をジッと聞いている。

「たァけが。秀吉は、羽黒砦《はぐろとりで》と長久手で手酷く叩かれたのを忘れたか？」

「蟹江城《かにえじょう》もぶん取り返してやったわ」

「麾下《きか》の有力大名を二人も討ち取られて、恥ずかしげもなくようも勝った気になれるのう」

各所から嘲笑が沸き起こった。

「犬山城《いぬやまじょう》と岩崎城《いわさきじょう》、我が方の二城が秀吉に落とされたのも事実にござるぞ」

ここまで黙って聞いていた石川数正が、反論を開始した。

「犬山も岩崎も、織田家の城にござろう。徳川が負けたわけではねェ」

本多平八郎が石川を睨みつけた。

「そう申すなら、羽黒砦も長久手も秀吉が指揮を執《と》ったわけではないな」

「詭弁《きべん》じゃ。伯耆《ほうき》殿の言葉を聞けば、どこの家老だか分からぬわ」

「たァけ。ワシは今も昔も未来永劫、家康公の家臣、徳川の家老じゃ」

温厚な石川が色をなして平八郎を一喝した。さすがに一座は静まった。

家康は口を開かない。

「皆の衆、どうか気を静めて聞いてくれ」

ここで石川は、議論から説得へと方針を変えた。

「我らは確かに、羽黒砦と長久手で戦には勝った。しかし、知恵も覚悟も足らん同盟者を籠絡され和議に持ち込まれた。信雄公は、伊賀《いが》一国と伊勢半国を秀吉に差し出したのだぞ。傍から見れば勝者は誰か？　秀吉よ。つまり、政略では負けたのじゃ」

「我らは武辺。政略など知らんわ」

平八郎の盟友、榊原康政が食い下がった。

「武威と政略は牛車の両輪のようなもの。どちらが欠けても車は動かぬぞ」

穏やかに康政を諭した後、石川は一座を見回した。

「考えてもみられよ。もし、このまま秀吉と敵対し続ければ、秀吉はすぐには攻めてこぬぞ。一人ずつ順々に徳川の味方を調略していくであろうな。事実、信雄公はもう秀吉の軍門に下り、嬉々として大坂城に伺候《しこう》するそうな。気づけば徳川は孤立無援。天下の軍勢が浜松城に押し寄せ、我らは滅亡することになる」

一座は水を打ったように静まった。

「ただ……」

もう一人の家老、酒井忠次が議論に割って入った。

「ここで徳川が秀吉に靡《なび》けば、我らを盟主と仰ぎ、信じ、頼りにしてきた佐々成政、根来、雑賀、長宗我部を裏切り、見捨てることになりまするな」

「うん。それもある」

腕組みをして耳を傾けていた平八郎が大きく頷く。

「如何《いかが》であろうか」

酒井が続けた。

「ここは畏れ多いことながら、於義丸《おぎまる》君に殿の名代として大坂城へ行って頂き、殿はこの浜松から一歩も動かぬとの策は？」

於義丸は今年十一歳。父の名代とは方便だ。有り体に言えば、人質であろう。

ここで家康が目を開き、酒井を睨みつけた。

「……」

怖い目だ。酒井は視線を逸らし、顔を伏せた。誰もが五年前の信康切腹の一件を想起した。

ただ酒井の案なら、秀吉の面子《めんつ》は立て、同時に同盟者たちの動揺も最小限に抑えられるだろう。なにせ家康自身は大坂に行かぬのだから。いかにも酒井らしい姑息だが、穏当な解決法だ。

「それで秀吉が納得しましょうか？」

石川が酒井に反論した。

「『秀吉の命には従わぬ』との徳川の意思表示と受け取られかねない。当面は収まっても『いずれ徳川は潰す』との思いを、秀吉は強めるやも知れませぬな」

「当面でも秀吉が収まれば、それはそれでよいではないか」

酒井が、石川に再反論した。

「その間に我らは、領土経営に専念、北条やその他の反秀吉勢力と連携を取り、自らの力を増強させる。秀吉、恐れるに足らずじゃ」

「我らも成長しましょうが、秀吉もまた巨大化しますぞ」

今度は、石川が酒井に言い返した。

「そもそも、殿が大坂城に出向けば、秀吉めに虜《とりこ》とされ、殺される恐れがある」

平八郎が唱え、一座から同調する声が湧き上がった。

「殿あっての徳川である。殿が大坂城へ赴かぬのなら、他のことは些末なことだわ。どうでもええ」

と、平八郎が締めた。「些末な他のこと」とは、於義丸を人質に出すことを指しているのだろうか。

「……植田」

家康が初めて言葉を発した。

まさかここで自分が呼ばれるとは思わぬので、茂兵衛は黙っていた。しかし、周囲の誰もが自分を見ている。

(え、お、俺かい?)

「ははッ」

遅ればせながら平伏した。

「秀吉は百姓の出じゃ。おまんもまた百姓の出じゃ」

一座から嘲《あざけ》るような笑いが起こった。

「百姓の気持ちは、百姓が一番よう分かろう。今回の仕儀につき、おまんの存念を述べよ」

「え、あの……」

——当惑していた。どう答えるべきなのか見当もつかない。

「率直に申せばええ。誰に遠慮も要らぬ。おまんの考えを正直に述べよ。これは主命である」

家康が大きく目を見開き身を乗り出し、遥か上座から茂兵衛の顔を覗き込んだ。

平八郎が怖い目で睨んでいる。善四郎が不安げに見つめている。忠世は——露骨に視線を逸らされた。

「そ、それがしは……」

「うん。申せ」

「それがし……ほ、ほ、伯耆守様の御意見に同心申し上げまする」

もうヤケクソで、一気に吐き出した。一座が「おう」と騒《ざわ》めいた。

「茂兵衛！　気でもふれたかァ！」

平八郎の怒声が飛んだ。

「平八、黙れ！　植田、おまんは、どうしてそう思うのか！」

家康が平八郎に勝る怒声を上げげた。

「て、鉄砲……」

「聞こえぬ！　大きな声で申せ！」

茂兵衛を睨む家康の目が血走っている。

「茂兵衛、もうええ！　何も喋るな！」

平八郎がまた吼《ほ》えた。

「平八、黙れ！　主命じゃ、黙れ！」

「て、鉄砲大将として……鉄砲の数、火薬弾薬の物量において、我らは秀吉勢に遠く及びませぬ」

「では、今一度ハッキリと申せ！　おまんは、ワシが大坂へ行くべきだと考えるのだな！」

「………」

「そうだな！」

「ははッ」

と、平伏した。生きた心地がしなかったが、同時に本音を吐露した爽快感も少し感じた。

頭の上で、荒々しい足音が近づいてきた。顔を上げると——平八郎だ。

「茂兵衛、増長致すな！」

気づけば拳固で頬を強《したた》か殴られていた。茂兵衛はよろけ、床に手を突いた。

目の端に、家康が席を立ち、足早に歩み去る背中が見えた。口の中に金臭い味が徐々に広がっていった。

本作品は、書き下ろしです。
協力：アップルシード・エージェンシー

双葉文庫

い-56-08

三河雑兵心得《みかわぞうひょうこころえ》

小牧長久手仁義《こまきながくてじんぎ》

2022年 2 月12日　第1刷発行
2024年10月 8 日　第8刷発行

【著者】
井原忠政《いはらただまさ》

【発行者】
箕浦克史
【発行所】
株式会社双葉社
〒162-8540 東京都新宿区東五軒町3番28号
［電話］ 03-5261-4818(営業部)　03-5261-4831(編集部)
www.futabasha.co.jp(双葉社の書籍・コミックが買えます)
【印刷所】
中央精版印刷株式会社
【製本所】
中央精版印刷株式会社

【フォーマット・デザイン】
日下潤一

ISBN978-4-575-67096-7 C0193
Printed in Japan